KB003882

당신의 목소리가 사라진 세상

당신의
목소리가
사라진 세상

김민재 산문집

시선과 단상

작가의 말

나의 곁을 머물다 간

모든 당신들에게 전합니다.

서문

살아가다 보니 사라지는 사람들이 너무나도 많아지는 삶이다. 나의 곁에서 '당신'이라는 이름으로 머물다 사라지는 사람들. 나의 곁을 머물다 간 가족, 친구, 애인 등의 모든 '당신'들에게 조심스레 전해봅니다. 나의 곁을 떠난 후, 당신은 지금 어떻게 살아가고 있나요. 당신의 목소리가 사라진 세상은 많은 것이 변했습니다. 당신에게도 '나'라는 사람이 한 명의 '당신'으로 기억되어 있을까요. 부디 이 글이 나의 곁을 떠난 당신에게 한 번쯤은 닿을 수 있기를 바랍니다.

차례

2부

차례

3부

4부

1부

당신의 목소리가 사라진 세상 1

바람 소리, 매미 소리, 자동차 소리, 물 흐르는 소리, 동네 아이들의 뛰어노는 소리, 아침에 나를 깨우는 알람 소리까지. 일상 속의 모든 소리는 변함없이 그대로인데, 당신의 목소리 하나 사라졌다고 세상이 어떻게 이만큼이나 바뀌어 버린 걸까요. 아무것도 들리지 않는 고요한 침묵 속의 세상을 살아가는 기분입니다. 당신도 나의 목소리가 이만큼이나 그리울까요.

혹시나 하는 마음에, 조심스레 입술을 떼어내어 익숙했던 당신의 이름을 소리 내어 봅니다. 하지만, 이제는 더 이상 익숙해지면 안되는 소리이기에, 다시금 조용히 입술을 붙입니다.

아, 마지막으로 한 번만 더 입술을 떼어내어 한마디만 더 할게요.

"고마웠고, 행복했고, 사랑했어요."

오른손잡이의 왼손

나의 사랑은
오른손잡이의 왼손 같았다.

익숙하지 않고 서툴렀으며
내 마음대로 잘되지 않았다.

바다 위에 놓여진 우리의 사랑

육지에서 처음 시작했던 '우리의 사랑'이었지만, 바다가 좋다며 무작정 바다로 달려간 우리였다. 처음 보는 예쁘고 푸른 바다를 바라보다가, 그런 바다가 너무 아름다워 보인다며 바다 위에 무작정 '우리의 사랑'을 올려놓았다.

그렇게 우리는 바다에 '우리의 사랑'을 맡겼다. 파도가 밀려들어올 때면 처음과 가까워졌다가, 파도가 밀려나갈 때면 처음과 멀어지길 반복했다. 좋아하는 바다의 사랑을 시작했던 우리였지만, 준비가 덜 된 채 무작정 바다로 달려와 버렸던 우리의 잘못이었을까. 쉼 없이 몰아치기만 하는 파도 때문에 쉽게 흔들리고 젖어버린 '우리의 사랑'이었다.

언젠가 큰 파도가 몰아친 적이 있었는데, 바다 위에 띄워진 '우리의 사랑'은 산산조각이 나서 부서지고 침몰해 버렸다. 영원할 것만 같았던 '우리의 사랑'은 우리가 사랑하던 바다에게 조금씩 잠식되며 흔적도 남기지 못한 채 끝이 나버렸다.

사랑의 배반

누군가를 사랑하는 방법은
그렇게도 빨리 알려줬으면서,
누군가를 잊어버리는 방법은
왜 이리도 알려주지 않는 걸까.

부재의 존재

당신의 향수 냄새. 당신이 자주 들었던 노래. 당신이 좋아하던 음식과 계절. 당신과 함께했던 낮과 밤.

나의 곁을 떠나면서 너무나도 많은 것들을 남겨두고 떠나버린 당신. 그런 탓에, 이제 더 이상 나의 곁에 없음에도 자꾸만 나의 곁에 머무르는 당신이다.

세상에서 제일 잔인한 것

세상에서 제일 잔인한 것이 무엇이냐 물어본다면, 나는 '시간'이라 대답하고 싶다.

시간은 기다려주질 않는다. 혼자서 가버리고, 심지어 한번 떠나가 버리면 절대 돌아오지도 않는다. 게다가 그 속도는 또 얼마나 빠른지. 가끔씩은 따라가기가 벅차다.

모든 사람들은 이러한 시간 속에서 살아가고 있다. 시간 속에서 기쁨과 슬픔, 희망과 좌절 등의 여러 가지 감정들을 겪으며 지낸다. 심지어 아직 다가오지도 않은 시간을 기다리며 혼자서 애태우기도 한다. 하지만, 시간은 그런 것들은 전혀 신경도 쓰지 않은 채 냉정하게 본인의 갈 길만을 가버린다.

앞만 보며 달리고 있는 시간이 너무나도 부럽다. 시간은 앞만 보며 잘도 흘러가는데, 나는 아직도 가끔씩 과거에 묶여 따라가질 못하고 있다. 잠깐이라도 뒤를 돌아보고 후회하는 날이면, 시간은 그럴 틈이 없다며 나를 재촉하기 바쁘다.

분명히 지나간 시간 속에 나는 이렇게 남아있는데, 왜 지나온 나에게는 시간이 없는 것일까.

시간아, 조금만 천천히 가주라. 그러면 다음부터는 뒤돌아볼 일들을 만들지 않을 테니. 너를 세상에서 제일 잔인한 것으로 치부하지 않을 테니 말이다.

선택

잠시 멈춰야겠다. 한 발짝만 더 움직이면 죽음이 기다린다. 웃긴 건, 그 한 발짝을 반대로 움직이면 '삶'이다. 이래서 '삶'이라는 것이 참으로 알다가도 모르겠다. 한 번의 선택으로 삶이 계속 이어질 수도 있고, 끝나버릴 수도 있다. 항상 '삶'의 주변에는 '죽음'이 공존하고 있다.

모순적인 건, 삶의 시작은 나의 선택이 아니었지만, 마지막인 죽음은 내가 선택할 수 있다는 것이다. 종잡을 수 없이 모순덩어리인 삶 속에서의 그 끝은 어떤 모습으로 나를 기다리고 있을까. 어쩌면 지금보다 행복한 모습으로 나를 기다리고 있진 않을까. 아니면 아무런 감정도 느낄 수 없는 곳일까.

이런저런 생각들에 오래 잠겨있다 보니, 오랜만에 서 있게 된 이곳의 공기가 아주 차갑게 느껴진다. 바람도 하필이면 자꾸만 얼굴의 정면으로 불어온다. 마치 내가 지금 서 있는 곳에서 뒤로 돌아서라고 밀어대는 것 같다. 그렇게 바람에 밀려, 서 있던 곳에서 뒤로 내려오자마자 다리에 힘이 풀려 주저앉아 버렸다.

세상이 너무나도 싫은데. 그렇게 싫은 세상 때문에 이곳에 올라섰는데. 고작 불어오는 바람을 핑계로 내려오는 난, 아직 마지막을 선택할 용기는 없나 보다.

어쩌면 나는, 죽음조차 스스로 선택할 수 없는, 그런 사람일지도 모르겠다.

당신의 눈동자

너무나도 아름답고 예뻤던 당신의 눈동자였기에.
그런 당신의 눈동자에 비쳤던 나의 모습이었기에.
그래서 나의 모습을 가만히 쳐다보고 있다 보면,
이제는 나의 곁에 없는 당신이 자꾸만 떠오른다.

그리운 냄새

말로 자세히 표현할 순 없지만, 사람들마다 그리운 냄새가 하나씩은 있다. 굳이 설명해 내자면, 어릴 때 맡은 냄새들인 것 같다. 다른 사람들에게 좋은 냄새라는 평을 들을 만한 냄새는 아니겠지만, 그 어떤 냄새보다 마음을 안정시켜주고 추억을 떠올리게 하는 냄새가 있다. 기억 속에는 흐릿하게 잔상으로나마 남아있지만, 맡는 순간에는 확실히 알 수 있는 추억의 냄새다. 오늘따라 유난히 그 냄새가 그립다.

각자의 모습

생각해 보면, 처음부터 이상할 정도로 우리는 모든 모습이 비슷하고 닮았었더라. 식당에서 메뉴를 고를 때도, 함께 걸을 때의 걸음걸이 속도도, 심지어 서로에게 불만이 생겨 다툴 때조차도 비슷하게 투덜대며 다투고 있더라. 그래서 가끔, 성격이나 취향이 많이 다른 사람들이 만남을 이어 나가는 것을 보면, '어떻게 저렇게 계속 만남을 이어 나가는 걸까?'라며 신기하게 바라보았었지.

우리의 곁에 평생을 머무는 계절도 크게는 1년에 4번, 작게는 매일 변하는데, 우리라고 별수 있었을까. 결국은 우리도 맞지 않는 부분들이 조금씩 나타나기 시작하더라. 하지만, 연애 초기부터 서로에게 잘 맞는 모습들만 보며 지내왔던 탓일까. 우리는 서로가 다른 점이 있다는 사실을 받아들이고 이해하려 하기보다, 그런 모습들을 숨기고 당황스러움을 내색하지 않기 바쁘더라.

그런 우리의 관계를 지속해오다 보니, '우리'라는 모습은 어떻게 해서든 잘 유지가 되어오고 있는 것 같은데, 어느 순간부터 '당신'과 '나'라는 각자의 모습은 조금씩 사라지고 있는 것 같더라. 만날 때면, 서로 눈치만 보기 바쁘더라. 각자 본연의 모습을 숨기고, '우리'라는 관계를 유지하기 위해 발버둥치고 있는 것만 같더라.

우리 이제부터는 그러지 않기로 하자. '우리'라는 것도 중요하겠지만, 사랑하는 사람의 있는 그대로의 모습인 '당신'과 '나'라는 존재도 사랑해주기로 하자. 가끔 서로가 다른 모습이 나오더라도, 한 번 쳐다보며 배시시 웃어주고 더 사랑해주기로 하자. 숨기지 않고 서로 믿어주고, 있는 그대로의 모습을 솔직하게 보여주어서 고맙다고 생각해주기로 하자.

각자의 모습을 숨김없이 드러내며 함께 하다 보면, 점점 더 서로를 솔직하게 이해하고 서로의 있는 그대로의 모습들을 받아들일 수 있을 테니. 이제부터는 우리, 그런 모습들도 사랑스럽게 함께 할 수 있도록 하자. 서로 다른 그 어떠한 모습들이 나오더라도, 서로를 사랑한다는 마음 하나는 다르지 않고 변함없이 같다는 것을 잊지 않으며 사랑할 수 있도록 하자.

봄여름가을겨울

푸른 새싹과 예쁜 꽃들이 피어나고
무더운 날씨와 장대비가 쏟아지며
시원한 바람과 함께 낙엽이 떨어진 뒤
앙상한 가지들과 쌓여버린 눈들을 보며

그렇게 우리는 조금씩 어른이 되어간다.

신호등

늦은 새벽, 답답한 마음에 무작정 밖으로 나와 길을 걷기 시작했다. 얼마나 걸었을까, 저만치에 꺼져있는 신호등 하나가 보였다. 나도 모르게 그곳에서 한참을 서 있었다. 주변을 둘러보니, 사람들이 주위를 살피며 눈치껏 길을 건너곤 했다. 사람들이 전부 지나가고 난 뒤, 그곳에 오랫동안 계속 서 있다가 집으로 다시 돌아왔다.

늦은 새벽에 꺼져있는 신호등을 봤을 때, 지금의 내 처지와 비슷해서 계속 바라보며 서 있었던 것 같다. 나는 지금 내가 서 있는 나의 인생이 초록불인지 빨간불인지 모르겠다. 잠시 멈추어서 기다려도 되는지, 아니면 계속 앞으로 나아가도 되는지, 실마리조차 찾지 못하고 오리무중이다. 꺼져있는

저 신호등처럼, 인생의 어두운 새벽 어느 지점에 내가 놓여 있는 것만 같다.

신호가 꺼져있더라도 주변의 다른 사람들처럼 눈치껏 건너가면 되는데. 분명히 예전의 나도 그렇게 지나갔었는데. 이상하게도 요즘은 그렇게 하질 못하겠다. 마냥 멍하니 서서, 아침이 찾아와 신호등이 다시 켜지기만을 기다리는 내가 한심하게 느껴지기도 한다. 한심함과 어깨동무를 하는 내 모습이 처량하기도 하지만, 쉽사리 용기가 나질 않는다.

언제가 될지는 모르겠지만, 예전처럼 다시 용기가 조금씩 생겼으면 좋겠다. 신호등이 알려주지 않는 어두운 새벽이 찾아오더라도, 내가 나의 길을 용기 있게 선택할 수 있는 날이 왔으면 좋겠다. 다시 예전처럼 망설임 없이 용기와 손을 잡을 수 있는 내가 되었으면 좋겠다.

조금 쉬어가자

모순적이지만, 힘들수록 사람이 더 웃으려고 하는 것 같다. 내면에 있는 힘든 감정들을 다른 사람에게 겉으로 들키게 될까 봐, 마음과 얼굴이 따로 놀고 있다. 눈가는 분명히 촉촉한데, 얼굴은 웃고 있다.

그런 나의 모습들을 방 안에서 혼자 거울로 쳐다볼 때면, 가끔은 처참하기까지 하다. 어쩌다가 이렇게 되어버렸을까. 이렇게 되어버린 나를 진심으로 이해하고 사랑해 줄 사람이 있긴 한 걸까. 이런 내가 누군가에게 이해받고 사랑받아도 되는 것일까. 왜 하필 이런 사람으로 태어나서 이리도 힘들게 살아가고 있는 것일까. 결국은 꼬리에 꼬리를 무는 질문들의 늪에 빠져 깊게 잠겨버리고 만다.

아무리 발버둥 쳐봐도 일어설 수가 없다. 그동안 너무 발버둥만 쳐왔던 것 같다. 이제 그만 발버둥 치자. 발버둥 치면 칠수록 먼지만 날려서, 그 속에서 살아가고 있는 나만 더 힘들어지는 것 같으니 말이다.

그냥 조금만 쉬어가자. 발버둥 치지 말고, 조금만 더 쉬다 보면 먼지들이 가라앉지 않을까. 그러면 조금은 더 맑은 공기를 마실 수 있지 않을까.

그래.

눈 딱 감고, 이번 한 번만이라도 조금 쉬어가자.

그동안 고생 많았다.

이제 조금만 쉬자.

책가방

얼마 지나지 않은 이야기이지만, '학생'이라는 신분을 달고 살아갈 때가 생각난다. 그때는 책가방의 무게가 얼마나 무거웠던지 모르겠다. 옷의 어깨 부분에는 항상 주름이 생겼었고, 여름이면 책가방 때문에 등과 어깨에 땀이 차기 십상이었다. 책가방을 메고 등교할 때면, 서류 가방인 것 같은 가벼운 가방 하나만 들고 출근하는 어른들이 너무나도 부러웠었다. 나는 언제쯤이면 이런 무거운 책가방을 내려놓고 가볍게 걸어 다닐 수 있을까라는 생각도 참 많이 했었던 것 같다.

시간이 흘러, 드디어 대학교도 졸업하면서 마지막으로 학생이라는 신분을 벗어났다. 그와 동시에 자연스럽게 책가방을 메고 다닐 일도 많이 줄었다. 책가방 때문에 옷의 어깨 부분에 주름이 생길 일도, 더운 여름에 등이나 어깨에 땀이 찰 일도 거의 없어졌다.

책가방을 내려놓았으니 당연히 어깨가 가벼워져야 정상인 것인데, 내가 생각이 짧았나 보다. 책가방을 내려놓고 사회에 나와 보니, 학생 때보다 어깨가 더 무거워졌다. 학생일 때는 책가방 때문이라는 눈에 보이는 명확한 이유라도 있었는데, 사회에서는 눈으로 확인할 수 있는 명확한 이유도 없었다.

가벼워 보였던 서류 가방 하나가 얼마나 무거웠던 것인지. '등교'보다 '출근'이라는 단어가 얼마나 힘든 것인지. 책가방을 내려놓고 사회에 나오고서야 새삼 깨닫고 있다.

흔적

서로에게 잠시 머물다 떠나가 버릴 인연이었다면,
이렇게 많은 흔적을 남기지는 말았어야 했는데.

우리 둘 다 몰랐을 겁니다.

우리가 이렇게 끝나버릴 인연일 줄은.

최선을 다했던 관계

헤어지고 나서 우리의 관계를 되돌아보니, 사랑할 때는 정말 죽을 듯이 사랑했고, 다툴 때는 다신 안 볼 듯이 다퉜던 우리였더라. 되돌아보면, 우리 둘의 관계에서 '대충'이라는 단어는 없을 만큼, 모든 것에 최선을 다해 사랑했었던 우리였더라.

그래서였을까. 우리가 헤어지던 날, 이상하게 미련이 남질 않더라. 가끔, 우리의 추억들이 생각나기도 하고, 당신이 어떻게 지내고 있는지 궁금하기도 해. 그렇지만 다시 만나고 싶다는 생각이 들지는 않아.

당신이 나에게 다시 찾아왔던 날, 사실 조금 흔들리기는 했어. 아니, 생각보다 많이 흔들리더라. 하지만, 아무리 생각해 봐도 우리가 예전처럼 다시 사랑할 순 없을 것 같더라. 수없는 노력에도 불구하고, 결국 이별해버린 우리였기에. 더는 용기가 나질 않더라.

우리 이제 그만 서로를 놓아주는 것으로 하자. 지나간 기억들은 지나간 추억들로 묻어두자. 가끔 서로가 생각날 때면, 잠깐 떠올리고 흘려보내는 것으로 하자. 그러다 조금씩 추억에 무뎌지는 날이 오면, 한 번 웃어 버리고 넘길 수 있는 날들이 올 거야.

정말 많이 사랑했었어.
앞으로 더 많은 사랑 받으면서 지낼 수 있기를 바랄게.

잘 가.

괜찮다

"괜찮다"라는 말을 입에 붙이고 살아가는데, 왜 실제 나의 인생에는 붙여지지 않는 것인지 모르겠다.

우울감이 조금씩 차오를 때마다, 아직은 괜찮다며 비워내지 않았더니 어느 순간 넘쳐서 흘러버렸고, 그렇게 점차 나를 흠뻑 적셔버렸다. 혹여나 더 흘러넘쳐서 나의 주변 사람들에게까지 우울감이 번질까 봐 온몸으로 막았다. 계속해서 막아내다 보니 우울감이 마를 틈도 없이, 나는 우울감에 젖어있는 상태가 되어버렸다.

이렇게 우울감에 젖어버린 내 모습을 들킬까 봐, 괜찮다며, 별일 없다며 항상 주변 사람들을 속이며 살아간다. 주변 사람들에게 솔직하게 말했다가는, 나를 도와주려고 다가와서 괜히 같이 젖어버릴까 봐 걱정된다. 아니면 이런 나의 모습을 보고서는 나의 곁에서 영원히 떠나가 버릴까 봐 겁이 나기도 한다.

나의 이런 거짓말을 알아챈 것인지, 가끔 나의 상태를 걱정하는 주변 사람들이 종종 있기도 한데, 괜찮다. 나야 뭐, 이미 마르지도 못할 만큼 흠뻑 젖어버렸으니 괜찮다. 어차피 이제는 "괜찮다"라는 말의 의미도 잘 모를 정도의 상황이 되어버렸기에. 난 언제나 괜찮으니 정말 괜찮다.

앞으로도 나는 항상 괜찮을 것이기에 정말 괜찮다.

유유히 흘러가기를

그냥 그렇게 흘러가게 내버려 두기로 해요. 아무리 힘들게 붙잡더라도, 결국 당신의 곁에 남을 것들은 남고, 떠나버릴 것들은 떠나버릴 테니까요. 당신을 떠나버린 것들에 대해서는 너무 힘들어하거나 슬퍼하지 않도록 해요. 끝까지 당신의 곁에 남아있는 것들이 결국은 당신을 행복하게 해줄 테니까요.

물음표투성이

한때 내가 좋아했던 것이고, 나를 행복하게 해주었던 기억이 있음에도 불구하고 사랑이 두려워질 때가 있다.

끝이 나면, 항상 슬픔으로 남아서 그런 것일까? 사랑의 끝은 왜 항상 슬픈 것일까? 내가 사랑했던 것들은 왜 항상 슬픔을 안겨 주고 가는 것일까? 언제쯤 슬픔을 걱정하지 않고서 사랑할 수 있을까? 그런 사랑이 나에게 찾아오긴 하는 것일까?

이별은 항상 슬픔과 함께 단호하게 끝이 나버리지만, 사랑은 언제나 물음표투성이인 것 같다.

알다가도 모르겠는 요즘

그냥 훌쩍 떠나버리고 싶은 요즘.

가끔 이유 없이 울컥하는 요즘.

뭐하는 중인지 모르겠는 요즘.

왠지 나만 힘든 것 같은 요즘.

그냥 그렇게 살아가는 요즘.

잘 살고 있는 걸까

어떤 날엔, 지금의 내가 잘 살아가고 있는 것인지 모르겠다. 분명히 나를 향해 다가오는 모든 것들에 대해 도망치지 않고서 용기 내어 부딪히며 살아왔다. 그런데 너무 그렇게 살아온 탓일까? 부딪히며 생긴 상처들이 아직도 종종 나를 괴롭히는 것 같다. 어떤 순간에는, 너무 많은 것들에 도전하며 바쁘고 열심히 살아가려고 했던 과거의 모습이 후회되기도 한다.

'조금은 여유를 가지면서 살아갈 걸'
'뒤돌아보며 나를 챙길 시간도 가지면서 살아갈 걸'

이런 생각들을 하다 보면, 너무 앞으로만 나아가기 위해서 죽어라 발버둥 치며 살아왔던 과거들이 지금은 대체 어떤 의미로 남아있는지 모르겠다. 정말 최선을 다하면서 살아왔는데, 왜 이런 후회들을 하고 있는지도 모르겠다. 혹시나 지금의 내가 하는 노력들도 시간이 흘러 되돌아보았을 때, 지금처럼 또 이렇게 후회로 남아있을까 봐 덜컥 겁이 나기도 한다.

그래서인지 요즘은 부딪히는 것에 대한 용기가 많이 사라졌다. 상처가 생기는 것이 무서워졌다. 하고 싶은 일이 생기면 용기 내어 무작정 달려들어서 열심히 해내려고 했던 과거의 모습이 그립다가도 바보 같기도 해서 혼란스럽다. 어떤 모습이 맞는 것인지 모르겠다.

물론, 정해진 정답이 없다는 것은 알고 있다. 그럼에도 불구하고, 누군가가 다가와서 정답을 던져주고 가면 좋겠다는 생각은 사라지질 않는다. 시간이 흘러 지금의 순간들을 돌이켜보았을 때, 후회로 남아있지 않은 시간이 되었으면 좋겠다.

그런데 아무리 곱씹어 보아도, 피할 것들 다 피해 가며 가만히 있다가는 더 큰 후회들이 찾아올 것 같다는 생각이 든다. 지금껏 부딪히며 그렇게 살아왔으니. 정해진 정답은 없으니. 바보 같을 수도 있겠지만, 마지막으로 한 번만 더 용기 내어봐야겠다.

지금의 상처들이 조금만 더 아물고 나면, 제발 지금의 내가 잘 살아가고 있는 것이 맞길 바라며 다시 한번 용기 내어 부딪히며 살아가 봐야겠다.

모순적인 사랑

참으로 모순적인 것이,
사랑 때문에 서로 행복했던 사람들이
사랑 때문에 서로 아픔을 주고받는다.

사랑은 알다가도 모르겠다.

사랑으로만 이겨낼 수 없는 것

그때는 뭐가 그리도 좋았던 걸까. 멀리서 걸어오는 서로를 보기만 해도 피식하고 새어 나오는 웃음을 참지 못했던 우리. 만나면 말보다는 포옹이 먼저였던 우리. 함께 자주 가던 식당들과 골목길, 카페, 그리고 헤어질 때마다 함께였던 역까지. 특별한 일들은 많이 없었지만, 함께였기에 특별해진 일들이 많았던 우리.

하지만 우리에게 주어진 너무나도 많은 현실 앞에서 '사랑'이라는 단어는 사치였던 것일까. 사랑으로만 이겨낼 수 없다는 것이 사랑이라는 것을 알아버린 후, '이별'이라는 단어에 묻혀버린 우리. 비록, 우리의 연은 끝을 보았지만, 그동안 힘든 현실들 속에서도 버텨가며 사랑해줘서 정말 고마웠어.

혼자가 아닌 나

조용히 사라질 수 있었으면 좋겠다. 애초에 존재하지 않았던 존재였던 것처럼. 어느 날 갑자기 내가 없어진다고 해서 힘들어하거나 슬퍼할 사람이 없을 수 있게. 그냥 그렇게 조용히 사라질 수 있었으면 좋겠다.

하지만, 그러기에는 너무 많은 사람과 관계를 만들어 버렸다. 아마도 이런 관계들이 없었다면, 이만큼의 고민도 없었을지 모른다. 힘들 때마다, 모든 것들을 그만두고 싶을 때마다, 그럴 수 없는 이유가 생겨버린 것이다. 이 세상에서 '나'라는 사람이 사라져도 나에게 있어서는 크게 개의치 않을 테지만, 나로 인해 내 주변 사람들이 슬픔을 갖게 되는 것은 싫다.

세상이 참 야속하게도 이렇게 관계들을 만들어 놓았다. 어쩌면, '죽음'이라는 단어 앞에서 한 번쯤은 더 돌아보며 소중함을 느끼고, 신중함을 가지게 하려고 이런 관계들을 만들어 놓은 것이 아닐까 싶기도 하다.

참으로 답답한 현실이지만, 조금만 덜 힘들어하고 조금만 더 참아가며 살아가야겠다. '나'라는 사람은 혼자가 아니라는 것을 알았기에 말이다.

하루의 끝

하루를 지내며 엄청 특별한 일들을 바라지는 않을게요. 하루가 평범하고 지루하게 흘러가더라도, 힘든 일들이 가득한 고된 하루가 되더라도 괜찮아요. 하루의 끝에 당신만 나의 곁에 있어 준다면, 그날이 나에게는 가장 특별한 하루가 될 것 같아요.

하루의 끝에서 서로의 얼굴을 마주 보고, 오늘 하루는 어땠는지 함께 이야기를 나누고 싶어요. 보고 싶었다며 서로를 끌어안고, 서로의 하루를 느끼며 가만히 있고 싶어요. 낮에는 쉽사리 피우지 못했던 당신의 웃음꽃도, 나의 옆에서는 쉽게 피어날 수 있도록 해줄게요.

온종일 시끄럽고 복잡했던 시간들은 전부 잊어버리기로 해요. 하루의 마지막만큼은 우리 둘만의 웃음꽃이 피어나는 소리들로 가득 채워나가기로 해요.

새벽의 고요

잠에서 깬 뒤, 다시 잠에 들지 못하고 깊은 생각들 속에서 헤어 나오지 못한 채 괴롭기만 하다. 무슨 생각들이 이리도 많은지. 답답한 마음에 창문을 열고서는 세상에게 인공호흡을 받아 본다. 그리곤 창밖을 내다보며 한숨만 내쉰다. 시끄러운 나의 머릿속과는 달리, 조용하기만 한 새벽의 골목길을 보며 내심 부러웠던 탓일까. 오늘따라 한숨 소리가 크다. 하지만, 나의 그런 한숨 소리조차 침묵으로 삼켜버리는 새벽의 고요함에 조심스럽게 창문을 닫는다.

내 머릿속의 생각들은 나와는 다른 세상에서 살았던 놈들인지, 새벽만 되면 왜 이리도 바빠져서 나를 괴롭히는지 모르겠다. 이 넓은 방 속에서 들어갈 곳이 그리도 없었던 것일까. 많고 많은 공간 중에서, 왜 하필이면 내 머릿속에 들어와서 난리일까. 직접 꺼낼 수 없는 것들이니, 조용히 나가주기만을 하염없이 바랄 뿐이다.

어쩌면 내 머릿속의 생각들도 고요한 곳을 찾다가 내 머릿속으로 들어온 것일까 싶기도 하다. 하지만, 나는 새벽과 달리, 그런 너희들을 침묵으로 삼켜주지 못할 것 같아서 미안하다. 그래도 너희들이 언젠가는 내 머릿속을 조심스럽게 닫고서 나가주기를 바란다.

공허함과 외로움으로 가득해 보이던 새벽의 고요함이 오늘따라 부럽기만 하다.

지나간 기억

지나간 기억들은 지나간 대로
떠오르는 그대로 두어야 아름답다.

지나간 기억들을 잡으려고 허우적거리다 보면
원하는 만큼 제대로 잡지 못하고 슬퍼질 뿐이다.

그러니 이제 그만 놓아주도록 하자.

추억 속에서 맘 편히 아름답게 기억될 수 있도록.

커피 한 잔

"나 사랑해?"

"당연하지!"

"얼마만큼?"

"이~~만큼!"

당신이 항상 나에게 물음표로 던졌던 물음이었고, 내가 항상 당신에게 느낌표로 답했던 대답이었다. "얼마만큼?"이라는 당신의 물음에, 나는 항상 두 손을 크게 벌려 원을 그리며 대답했었다.

가끔, 장난치듯 사람들이 많은 곳에서 당신은 나에게 "얼마만큼?"이라는 질문을 종종 던지곤 했었다. 주변을 살피며 쭈뼛거리는 나를 보면서, 당신은 미소를 지으며 나를 따라 하듯 두 손으로 큰 원을 그렸다.

어느 날, 당신이 카페에서 "얼마만큼?"이라는 질문을 나에게 했던 날이 있었다. 그날은 굳이 내가 두 손을 벌리지 않고서도 대답을 할 수 있었다.

"세상에서 커피 한 잔의 양을 뺀 만큼!"

커피 한 잔은 왜 빼는 것이냐며 투덜대던 당신이었고, 당신이 커피를 좋아해서 한 잔은 꼭 마셔야 하니 뺀 것이라 대답했던 나였다. 커피를 워낙 좋아하던 당신이었고, 커피를 전혀 마시지 않던 나였다. 그런 서로를 너무나도 잘 알고 있었던 우리였기에, 그 대답을 들은 당신은 잠깐 멈칫하더니 나를 바라보며 계속 웃기만 했었다.

이제는 당신 없이도 혼자서 카페를 간다. 커피를 주문할 일도 없고, "얼마만큼?"이라고 질문하는 당신의 목소리도 들을 수가 없다. 오늘은 카페에서 어떤 것을 마실까 고민하다가 커피를 입에 대지 않던 내가 커피를 주문했다. 카페인을 너무 오랜만에 먹게 되어서 마시고 난 후에 내 속이 괜찮을지 모르겠다.

커피 한 잔만큼 만의 미련을 남기고 떠나줘서 고마워. 커피 한 잔 마시는 동안, 천천히 이곳에서 당신을 잊어볼게. 커피 한 잔이 다 비워지는 순간, 당신에 대한 기억도 깔끔히 다 비우고 갈 수 있도록 할게.

흉터

있는 그대로의 나의 모습을 사랑해 줄 수 있는 사람이 있긴 한 걸까. 어쩔 수 없이 생겨버린 나의 아픔을 이해해 주고, 그런 나를 사랑해 줄 사람이 있긴 한 걸까.

어느 날 갑자기, 나의 의지와는 상관없이 나에게 찾아왔었던 아픔 하나가 있다. 그 아픔은 나에게 너무 큰 흉터를 남기고 떠나가 버렸다. 평생 사라지지 않을 흉터였고, 노력으로도 지울 수 없는 것이었다. 아직도 그 흉터는 간간이 나를 괴롭히곤 한다. 내가 잘못하거나 아프고 싶어서 아픈 것도 아니었는데, 왜 나에게 이런 일이 찾아온 것이냐며 세상을 원망할 때도 많았다. 그래도 어떻게든 살아가 보자며, 최선을 다해서 잘 이겨내며 지내왔다.

그렇게 잘 이겨내며 지냈기에, 나와 정말 가깝지 않은 사람이라면, 나에게 어떤 흉터가 있고 어떻게 아팠는지조차 모를 정도로 잘 지냈다. 하지만, 나의 곁에 정말 가깝게 다가왔다가도, 나의 그런 흉터와 아픔까지 알고 나면 태도가 변하는 사람들이 종종 있다. 그런 사람들 때문에 화가 나거나 슬프기도 했고, 나에게 주어진 상황이 억울하고 답답해서 온종일 울기만 했던 날들도 있었다.

하지만, 이제는 어쩔 수 없다는 것을 조금씩 받아들이는 중이다. 내가 아팠던 과거와 그로 인해 생긴 흉터도. 그런 흉터와 아픔이 나에게 있다는 것을 알고 나서 마음이 변해버린 사람의 마음도. 결국은 나의 노력과 의지로는 바꿀 수 없는 것들이니 말이다.

이런 상황이 계속해서 반복되다 보니, 이제는 사람과 사랑이 그립기도 하면서 무섭기만 할 뿐이다.

야속한 기억

당신과의 기억이 떠오를 때가 있다. 그럴 때면, 이놈의 기억이라는 것이 참 야속하다. 아팠던 기억들은 전부 잊어버린 채, 좋았던 기억들만 갑자기 떠오른다.

그리고서는 좋았던 기억들 속에 갇혀 힘들게 한다. 그러다가도 마지막은 결국, 아팠던 기억들이 다시금 떠오르며 추억을 마무리하고서 일상으로 돌아간다.

이처럼 우리 사이의 좋았던 기억들은 나를 아프게 하고, 아팠던 기억들은 나를 진정시켜주고 간다.

밉다

'보고 싶다.'라는 말은
지금 당장 볼 수 없기에 나오는 말이다.
이럴 때면, 이놈의 생각과 입이 참 밉다.

나의 전부였던 당신

당신은 나의 전부가 아니라 그저 부분일 뿐이라고 생각했었다. 그래서 당신 하나 정도는 쉽게 잊을 수 있을 줄 알았다. 그런데 알고 보니 부분들이 모여서 전부가 되는 것이더라.

결국, 당신은 나의 전부였던 것이었다.

2부

그런 날이 있다

그런 날이 있다.

알 수 없는 기분에 휩쓸려 갑자기 다 놓아버리고 싶다는 생각이 들다가도, 뜬금없이 걸려온 전화 한 통에 속마음을 숨기고 웃으며 전화하다가, 알 수 없는 기분에 휩쓸려 조용히 다시 일상으로 돌아가는 날.

그런 날이 있다.

나의 당신에게

그동안 행복했습니다.
당신과 사랑해서.

그동안 미안했습니다.
당신을 사랑해서.

찰칵

바보처럼 웃는 나였다. 그래서 당신과 함께 사진을 찍을 때면, 바보처럼 보일까 봐 웃지 않으려는 날이 많았다. 활짝 웃는 당신과는 반대로 항상 표정이 굳어있었다. 어떤 날에는 그런 나의 옆에서 장난을 치며, 내가 웃을 때까지 계속 카메라 셔터를 누르기도 했던 당신이었다.

당신의 생일에 함께 사진을 찍으러 나갔을 때, 1년에 한 번뿐인 생일인데 오늘은 꼭 웃으며 찍혀 달라고 나에게 부탁했었던 당신. 그리고서는 길에 계시던 분께 사진 한 장만 부탁한다며 카메라를 맡겼었다. 카메라 셔터를 누르는 순간, 나는 최대한 예쁘게 웃어보려 노력했었다.

카메라를 돌려받아 함께 찍은 사진을 보는데, 오늘은 평소와 다르게 사진 속에서 나만 웃고 있었다. 사진을 보며 당황하던 나에게 다가온 당신. 오늘은 특별하게, 평소 서로의 표정과는 반대로 사진을 찍고 싶었다고 했다. 그리고서는 예쁘게 웃어주어 고맙다며 안아주던 당신.

그렇게 마지막 사진까지 사진 속의 표정은 항상 달랐던 우리였지만, 그 당시의 행복했었던 마음만은 다르지 않았기를 바라. 덕분에 사진 찍으며 웃어볼 수 있게 해주어서 고마웠어. 앞으로의 당신 곁에는 꼭 함께 활짝 웃어줄 수 있는 사람이 머물기를 바랄게.

정情

'정'이라는 것이 무서운 이유는 그 사람이 나를 너무 힘들게 하고 아프게 해서, 곁을 떠나야 함을 알고 있음에도 쉽게 떠나질 못하도록 한다는 것이다.

비슷함

우리는 서로 비슷한 점이 참으로 많다고 생각했었다. 그래서 우리는 서로 틀어질 일이 딱히 없으리라 생각했다. 하지만 시간이 흘러 우리는 결국, 서로 맞지 않다는 이유로 헤어졌다.

내가 당신이고, 당신이 나인 것 같았던 우리. 그런 우리의 관계가 끝나고 생각해 보니, 우리는 서로 비슷한 점이 많았던 것이었지, 똑같은 점이 많았던 것이 아니었다.

비슷하다는 것은 엄연히 다르다는 것이었고, 그만큼 우리는 서로 많이 달랐던 것이었다. 어쩌면 우리의 헤어짐은, '비슷함'을 '똑같음'으로 쉽게 착각해서 배려하고 맞춰갈 생각을 하지 못했던 탓이었을지도 모르겠다.

여름과 가을 사이

다른 계절들도 있는데, 왜 굳이 이렇게나 더운 여름이 좋은 거냐며 아름다운 두 눈동자로 나를 쳐다보던 당신. 손으로 부채질까지 해가며 나의 대답을 기다리던 당신.

나는 "그냥"이라는 대답과 함께 이런저런 변명을 둘러대지만, 아마도 당신은 모를 것이다.

내가 당신을 처음 알게 되었고, 사랑하게 되었던 계절이 여름이었다는 것을. 사실, 나는 가을을 가장 좋아한다는 것을. 어쩌면 여름과 가을 사이, 당신과 나 사이의 새로운 계절이 만들어진 것은 아닐까. 내가 가장 좋아하는 계절은 그 계절이 아닐까.

서툰 사랑

오랜 시간이 지난 후, 그때의 우리 관계를 되돌아보니, 그때의 우리는 서로를 정말 사랑했었더라. 그 시절의 우리는 '사랑이 처음이라서', '사랑하는 법을 잘 몰라서', 그래서 서로가 사랑에 많이 서툴렀던 것 같아. 몇 년이 지난 후의 지금까지도 아직 사랑이 서툰데, 그때는 오죽했을까.

이별하던 날, 서로가 서로에게 했던 말처럼. 그때의 우리는 정말 철없이 순수하게 사랑했었고 이별했던 것 같아. 서투른 점들이 많았지만 정말 사랑했었어.

잘 가, 내가 처음으로 사랑했던 사람아.

가을

가을이네요.

낮에는 아직도 조금은 더운 탓에 반팔인데, 밤이 되면 추워져서 조금씩 겉옷을 입어요. 여름의 더운 날씨를 싫어하던 당신은, 지금쯤 행복하게 옷장 정리를 하고 있을까요. 항상 이맘때면, 입고 싶은 옷들이 많다던 당신이었잖아요. 예쁜 옷 챙겨 입고서는 여행 가고 싶다며 나에게 신이 나서 전화하던 당신이었잖아요. 그러다 정말로 마음에 드는 옷이 보이면, 다음에 나를 만나러 올 때 입고 나올 거라며 잔뜩 기대하고 있으라고 했던 당신이었잖아요. 무슨 옷이냐고 내가 물어볼 때면, 다음에 만나면 알게 될 거라며 절대 알려주지 않았던 당신. 그래서 항상 당신을 만나야만 그 옷이 무엇인지 알고는 했었죠.

이번 가을에는 당신이 무슨 옷을 보며 행복해하고 있을까요. 혹시라도 옷들을 보며, 잠시라도 내가 떠오르는 순간이 있을까요. 당신에게 물어보고 싶어도 물어볼 수도 없고, 만나지도 못하니 절대로 알 수가 없네요.

내가 가장 좋아하는 계절인 가을에 많은 흔적을 남기고 가버린 당신. 그런 당신 때문에, 항상 짧게만 느껴졌던 가을이 올해는 조금 더 길게 느껴질 것 같네요.

파도 소리

바다를 찾아갔습니다. 바다를 보고 있으면, 밀려왔다 빠져나가는 일을 반복하는 파도가 마치 우리들의 삶과 같다는 생각이 듭니다. 파도 소리는 사람들의 소리처럼 들리는 것 같고요. 그 소리가 웃음소리인지, 울음소리인지는 모르겠습니다.

오늘은 울음소리로 들리는 것을 보니, 정말 답답했나 봅니다. 그래도 이렇게라도 같이 울어주는 파도가 있어 감사한 하루입니다.

익사

오랜만이다 바다. 앞으로는 멀리서만 바라보기로 다짐했었는데, 무엇에 이끌린 탓인지 나도 모르게 또다시 너의 바로 앞까지 찾아와 버렸다. 모래사장, 너도 오랜만이다.

모래사장을 밟으면서 조금씩 조금씩 발걸음을 옮기며 바다 앞으로 걸어간다. 더는 다가가지 않겠다고 생각하면서도, 마음으로는 그렇지 않은 것일까. 나도 모르게 자꾸만 앞으로 걸어가며 바다와 더욱 가까워진다.

바다 앞으로 다가가니 바다가 파도를 치며 나에게 말을 건다. 멈추지 않고 나에게서 가까워졌다 멀어지기를 반복한다. 고개를 들어 바다를 바라보니 어디가 끝인지를 알 수가 없다. 눈앞에 보이는 바다는 어디서부터 시작되어 나의 앞까지 흘러온 것일까. 어쩌면 바다도 나를 바라보며 같은 생각 중인 것일까.

내가 먼저 바다에게 답을 하려 했지만, 미안하다 바다야. 나도 내가 어디서부터 흘러왔는지 모르겠다. 너도 나처럼 같은 처지일 수도 있겠구나. 우리 그냥 서로에게 그런 것은 묻지 말고, 시끄러운 침묵 속에서 함께 있는 것으로 하자.

얼마의 시간이 흘렀을까. 갑자기 바다가 나에게 한풀이를 시작한다. 왜 사람들은 자신을 자꾸만 푸른색으로 생각하고, 푸른색으로 그려내는 것이냐고. 자신은 분명 투명한 색인데, 왜 그들의 눈에 보이는 대로 푸른색으로 바라보는 것이냐고. 당신도 그런 사람 중 한 명이냐며 나를 쏘아붙이기 시작한다.

바다야. 나도 예전에는 그런 사람 중 한 명이었을지도 모르겠다. 하지만 지금은 그런 사람이 아닌 것 같구나. 이제는 나도 네가 투명한 색인 것을 안다. 나도 너처럼 보이는 것으로만 판단하는 인간들이 너무나도 싫고 무서워서 지금 이렇게 너에게로 도망쳐 온 것이다.

바다야. 세상은 왜 이리도 눈에 보이는 것들로만 판단 지어질 때가 많고, 남들의 시선을 의식하며 살아가야 하는지 모르겠다. 저번에 너를 찾아왔을 때는 이런 이야기를 나만 너에게 털어놓고 갔었는데, 너도 그런 비슷한 일들이 있었구나.

저번에 너를 찾아왔을 때, 나는 너에게 잠겨 사라지려 하다가 나도 모르게 빠져나와 버렸었지. 그리고서는 다신 이런 생각으로는 너를 찾아오지 않겠다며 다짐했었는데, 결국엔 또 이렇게 찾아와 버렸구나.

너에게 잠긴 발이 오늘따라 따뜻하게 느껴진다. 밀려오는 파도는 나에게 얼른 다시 돌아가서 끝까지 살아내라고 말하는 것 같다. 순식간에 밀려나가는 파도는 나에게 이제 그만 자신과 함께 바다로 들어가자고 말하는 것 같다.

차츰차츰 나를 적시던 바다에 몸을 맡기다 보니, 어느덧 배꼽까지 바다가 차올랐다. 오늘은 이상하게도 너를 처음 찾아왔을 때만큼 무섭지가 않다. 네가 나를 적시며 조금씩 나의 위로 차올라도 뒤로 돌아서기가 싫다.

그래, 바다야. 우리 함께 오해받는 것으로 하자. 지금부터 나도 너의 일부가 되도록 할게. 이번에는 빠져나가지 않을게. 조용히, 파도 소리보다 작은 소리로, 아픔들을 조금만 소리치며 너에게로 잠길 테니. 나도 함께 데려가 주라. 파도에게 부탁해서 모래사장에 남아있는 나의 발자국들은 최대한 지워주라. 아무도 모르게 조용히 너에게 잠겨 사라지고 싶으니 말이다.

폭죽

분명히 우리를 보며, 이게 예쁠까 저게 예쁠까 하면서 골라갔는데. 결국은 다들 우리를 터트려 버리더라. 그렇게 우리는 큰 소리를 내뱉으며 하늘 위에서 터지고 사라졌어. 사람들은 우리의 그런 절규가 예쁘고 즐거운가 봐. 겉모습이 예쁜 나의 주변 친구들은 외마디의 비명과 함께, 하나둘씩 터지며 사라지기 시작했어.

나는 차라리 내가 조금 덜 예쁜 포장지로 덮여있어서 다행이다 싶었어. 수많은 폭죽 사이에서 눈에 띄지 않으니, 사라지지 않고서 지낼 수 있을 것 같았거든. 그런데 어느 날 문득, 슬픈 생각이 들었어. 어쩌면 나는, 영원히 묻혀 있다가 폭죽도 아닌 폭죽처럼 존재하다 사라질 것 같다는 생각 말이야.

그렇게 사라지는 일은 또 그것대로 비참하고 서러울 것 같더라고.

누군가에게 선택되어 터트려지고 절규하며 사라지는 것. 영원히 눈에 띄지 않고 조용히 묻혀 있다가 사라지는 것.

둘 중에 어떤 것이 더 괜찮은 것일까…….

거짓말쟁이

끼니는 잘 챙겨 먹고 다니냐는 부모님의 연락에, 나는 항상 잘 챙겨 먹고 다니는 아들이다. 무슨 일은 없냐는 부모님의 연락에, 나는 항상 무슨 일 없이 즐겁게 지내는 아들이다.

현실은, 힘든 일들에 쌓여 스트레스 받고 지친 상태로 끼니도 자주 거르며 전화로만 잘 지내고 있는 거짓말쟁이 아들인데 말이다.

사별

오랜만이네요. 그동안 찾아오지 못해 미안했어요. 잘 지내고 있었을까요? 이제는 목소리를 들을 수도, 표정을 볼 수도 없는 당신이기에, 이런 질문 자체가 무의미한 것일지도 모르겠네요.

당신이 갑자기 나의 곁을 떠나가 버렸을 때, 처음에는 너무 무섭고 힘들었어요. 앞으로 어떻게 해야 할지도 모르겠고, 다시는 당신을 볼 수 없다는 사실이 믿기지도 않았어요. 몇 년이 지난 지금은, 나름대로 잘 지내고 있는 것 같아요. 이렇게 당신에게 하고 싶은 말들을 쓰면서도, 덜 울고 있는 것을 보니 말이에요.

어제는 우리가 함께 자주 가던 곳을 혼자서 용기 내어 다녀왔어요. 더 이상 우리가 함께 가지 못한다는 것 빼곤, 변한 것들이 하나도 없는 것 같았어요. 그리고 저녁이 되어 돌아오는 길에, 문득 당신이 좋아하던 곳의 하늘을 봤어요. 당신이 밤마다 예쁘다며 바라보던 별들이 잔뜩 있더군요. 그때는 뭐가 그리도 예쁜 것인지 몰랐었는데, 당신이 하늘의 별이 되고 나니, 이제야 별이 예쁘다는 것을 알게 되었네요.

이제부터 당신이 생각날 때면,
밤하늘을 한 번 올려다보며 인사할게요.

그곳에서는 부디 아프지 말고, 편히 쉬길 바라요.

사랑, 미련, 그리움

찢어져서 버려진 우리의 추억들을 하나씩 주워본다. 우리는 도대체 어떤 사랑을 했기에, 주워야 할 추억들이 이리도 많은 걸까. 어차피 다시 붙여보아도 찢어진 자국들은 훤히 남을 텐데 말이다. 애석하게 난 그걸 알면서도, 어떻게든 붙여보겠다고 미련하게 하나씩 줍고 있다.

'사랑'과 '미련', '그리움'이라는 단어가 사람 한 명을 이렇게나 바보로 만들어 버린다.

누군가에게 추억으로 남는다는 것

누군가에게 추억으로 남는다는 것은, 고마운 점이 될 수도 있고 미안한 점이 될 수도 있는 것 같다.

고마운 점이라고 한다면, 그 사람이 '나'라는 사람을 잊지 않고 살아주었다는 점. 미안한 점이라고 한다면, 그 사람이 '나'를 잊고 싶었음에도 잊지 못하게 했다는 점.

고마운 점에 속했다면, 나는 그 사람에게 행복 가득한 사람이었을 것이다. 미안한 점에 속했다면, 나는 그 사람에게 미움 가득한 사람이었을 것이다.

당신에게 나는 어떤 추억으로 남아있을까.

다행히도 고마운 추억에 속한 사람이라면, 당신에게 행복하게 지내라고 전해주고 싶다. 두고두고 나를 꺼내어서 행복했으면 좋겠다. 함께했던 추억 하나에 미소 지을 수 있었으면 좋겠다.

아쉽게도 미안한 추억에 속한 사람이라면, 당신에게 미안하다고 전해주고 싶다. 두고두고 나를 꺼내지 않고 행복했으면 좋겠다. 함께했던 추억 하나에 크게 아파하지 않았으면 좋겠다.

안녕

떠나가는 사람에게 미련 없이 "안녕"을 외치고, 다가오는 사람에게 반갑게 "안녕"을 외친다. 그렇게 지내다 보면, 나의 곁을 떠나갈 사람은 미련 없이 떠나가고, 남을 사람은 끝까지 행복하게 남는다.

인간관계에서 아무 탈 없이 편안하게 지내려면, "안녕"이라는 말을 잘 외칠 수 있는 용기가 필요한 것 같다.

이제야 '아무 탈 없이 편안함'이라는 '안녕'의 사전적 의미를 조금이나마 알 것 같다.

당신의 인생

행복한 일들만 있지는 않겠지만, 힘든 일들만 있지도 않을 거예요. 그러니 행복한 상황이라면 마음껏 즐기고, 힘든 상황이라면 잠시만 쉬어가도 괜찮아요.

계속 돌고 돌아서 하나로 뭉쳐지면, 결국엔 아름다운 당신의 인생이 될 테니까요.

명암明暗

세상엔 밝고 아름다운 것들이 너무 많다.
역으로 어둡고 슬픈 것들도 그만큼 많다.

그래서일까.

간혹 어둠이 밝은 것을 덮어버린 탓에
아름다움이 슬픔 속에 가려져서 아쉽다.

언젠가는 꼭,
밝은 것이 어둠의 표면 위로 떠오를 수 있기를.
아름다움이 슬픔을 감싸 안아주는 날이 오기를.

용기

져버릴 것을 알면서도 피어나는 꽃들처럼.
부서질 것을 알면서도 밀려오는 파도처럼.

결말이 슬플 것임을 알면서도
오늘따라 아름답고 당당하게 살아보고 싶은 날이다.

아름다움

당신을 처음 보았던 순간 떠오른 단어.

'아름다움'

그렇게 당신은 '아름다움'이라는 꽃말을 가진, 내 마음속의 꽃이 되어버렸습니다. 꺾지 않고 자주 찾아올 테니, 부디 져버리지 말고 오랫동안 있어 주세요.

꽃말

좋은 꽃말을 지니고 피어난 꽃은 많은 사람에게 사랑받고 선물로도 전해진다. 반면, 좋지 않은 꽃말을 지니고 피어난 꽃은 아무리 예쁘더라도 그렇지 못한 경우가 많다. 좋지 않은 꽃말을 가진 꽃이라 해서, 그렇게 피어나고 싶어서 그렇게 피어났을까. 그래도 예쁘게 활짝 피어났으니, 누군가에게 사랑받고 싶을 텐데. 꽃말을 모르고 보았다면, 다른 꽃들과 다름없이 예쁘기만 할 텐데. 피어난 순간부터 지는 순간까지, 꽃말 하나 때문에 사랑받지 못할 순간들이 많아진 꽃이다.

그래서 가끔, 좋지 않은 꽃말을 가진 꽃이 보이면 더욱 가까이 다가가서 바라본다. 그리고서는 그 꽃을 바라보며 생각한다.

너라는 꽃 덕분에, 세상이 정해놓은 고정관념을 거스르고도 예쁜 것들로 피어날 수 있음을 알게 되어 고맙다고. 나에게만큼은 너라는 꽃이 '희망'과 '고마움', '아름다움'이라는 꽃말로 기억될 것이라고.

愛哀

밝게 살아가려 노력하고 있지만
맑게 살아가는 것인지 모르겠고,

항상 웃음을 지으며 살아가려 하지만
겨우 울음을 지우며 살아가는 것 같다.

기차역

쓸데없이 몸에 배어버린 습관들 때문에 아직도 자꾸만 당신과의 기억들이 떠올라요. 우리 서로 만나는 날이면, 다른 지역에서 당신을 만나러 가는 나를 항상 역에서 기다리고 있었던 당신. 그런 당신에게 장난치고 싶었던 나는, 어느 순간부터 다른 출구로 돌아 나가서 당신을 놀래키며 서로 웃기 일쑤였고요. 그래서인지, 나는 아직도 그 역에만 가면 다른 출구로 나가는 것이 습관이 되어 버렸어요.

아, 그리고 그 역의 꽃 가게에는 여전히 당신이 좋아하던 꽃들로 가득해요. 그곳에서 내가 사주던 꽃을 받아들며 참으로 예쁘게 웃던 당신이었는데. 이제는 그 꽃들을 보기만 하고 사는 일이 없어졌네요. 꽃 가게 사장님에겐 죄송스럽지만, 그 역에 있는 꽃 가게가 문을 닫았으면 좋겠다는 생각을 하기도 해요. 그 큰 역이 사라질 일은 없을 테니, 역 안의 작은 꽃 가게라도 사라져서 우리의 추억이 조금이나마 지워졌으면 해서요.

예전에 당신을 만나고 돌아갈 때 기다리던 막차는 시간이 참 짧게 느껴져서 매번 아쉬웠는데, 오늘따라 당신이 보고 싶을 만큼 길게 느껴지네요.

사랑의 늪

이별 전의 사랑은 보이는 대상과 함께했던 사랑이었는데, 이별 후의 사랑은 보이지 않는 대상에 대한 그리움과 미련의 사랑인 것 같다. 그렇게 이별과 동시에 또 다른 사랑의 시작을 맞이한다.

어쩌면 우리는, 평생을 이렇게 아이러니한 사랑의 늪에 빠져 살아가는 것인지도 모르겠다.

사계四季

당신은 봄이었고, 나는 가을이었다.
우리의 사랑은 여름이었고, 우리의 이별은 겨울이었다.

우리의 관계는 계절이라는 핑계로 하나인 줄 알았는데,
나누어 생각해 보니 맞는 게 하나도 없었다.

관계의 끝에서 돌아보니 전부 착각이었다.

사랑은 타이밍

당신과 헤어지고 난 후, 가끔은 그런 생각이 든다.

우리 조금은 더 늦게 만났더라면. 그랬더라면 우린 어떻게 됐을까. 조금 더 성숙한 사람으로 만났더라면, 우리가 그렇게 헤어지진 않았을 텐데.

지금 생각해보면, 그때의 우리는 서로를 사랑하는 것에 서투름이 가득했던 것 같아. '사랑은 타이밍'이라는 말의 뜻을 그제야 알겠더라.

그래도 어쩌겠어. 이미 지나간 과거에 엎질러진 물이고, 우린 너무나도 다르게 살아가고 있는데. 돌이킬 수 없는 과거이기에, 최대한 아프지 않게 기억하며 살아갈게. 알 수 있는 방법은 없겠지만, 당신도 최대한 아프지 않게 지내기를 멀리서나마 조심스럽게 바랄게.

그때의 우리가 서로에게 사랑은 서툴렀지만, 서로에 대한 감정만큼은 거짓이 없었기를 바라.

많이 고마웠고, 미안했어.
부디 잘 지내기를 바랄게.

이별에 잠식된 사랑

찢어져 버린 사랑의 틈 사이로
이별이 조금씩 비집고 들어온다.

그렇게 이별에게 사랑이 잠식되어 버린다.

외사랑

우리는 사랑하는 타이밍은 맞았는데, 이별하는 타이밍이 맞지 않았다. 나는 아직, 우리에 대한 사랑을 끝맺질 못했다. 당신 없이도 혼자서 우리를 사랑하는 중이다.

언젠가 이 사랑이 끝나게 되면, 나도 천천히 이 관계의 이별을 맞이하게 될 것이다. 그러니 당신의 마음이 정해졌다면, 뒤돌아보지 않고 미련 없이 먼저 떠나도 괜찮다. 괜히 나 때문에 마음에도 없는 사랑을 이어가지 않아도 괜찮다. 나는 우리의 사랑에 조금만 더 머물다가 천천히 이별로 넘어갈 테니 말이다.

부디 조심히 떠나길 바란다.

미안합니다

모든 것을 다 주고 싶었던 사람.
항상 웃게만 해주고 싶었던 사람.
언제나 내가 곁에서 힘이 되어주고 싶었던 사람.

하지만

사랑 하나 제대로 주지 못했던 사람.
결국 울음을 터트리며 떠나버린 사람.
이제는 나 때문에 힘들 일이 더 많아질 사람.

나와 함께 이런 사랑을 해서 미안합니다.

연기演技

오늘따라 유독 집이 그립다. 정확히 말하자면, 부모님과 같이 사는 집. 그 집 안의 온도와 집밥이 그립다.

고등학생 때부터 타지에서 기숙사 생활을 했다. 성인이 된 후에도 계속 집을 떠나 타지에서 혼자 살았다. 이렇게 지내다 보니 가끔 본가를 내려갈 때면, 낯설기도 하고 여행 온 느낌이 들기도 한다.

잠들기 전, 그날 있었던 이야기를 나누다가 잠들 수 있는 곳. 자고 일어나면, 밥 먹으라며 나를 부르는 사람이 있는 곳. 아플 때면, 서랍에 약이 있고 기댈 곳이 있는 곳.

혼자 사는 곳에는 그런 것들이 없다. 잠들기 전, 휴대폰 속의 화면과 함께 침묵 속의 대화를 나누다가 잠드는 곳. 자고 일어나면, 오늘 하루도 살아내어야 한다며 울려대는 알람이 들리는 곳. 아플 때면, 그때마다 약국에 가서 알맞은 약을 직접 사 먹으며 혼자 삼켜내어야 하는 곳.

부모님께서 전화라도 오시는 날이면, 난 언제나 괜찮다. 밥은 항상 먹은 상태이고, 몸은 언제나 아프지 않은 상태이다. 하는 일들은 모두 할 만하며, 규칙적으로 잘 지내는 사람이다. 실컷 울어버린 날이면, 목소리를 숨기려고 바쁘다는 핑계로 부재중에 문자로 답장을 한다. 힘든 날이면, 일찍 잠들었다며 전화를 피한다. 다음 날이 돼서야 마음을 추스르고 다시 전화를 건다.

그렇게 지내기를 몇 년. 어느 순간부터인가 나는 거짓말쟁이가 되어있었다. 어쩌면 내가 어렸을 때, 부모님도 나처럼 이렇게 항상 거짓말을 하며 지내시진 않으셨을까. 힘든 모습들을 들키지 않으시려고 나에게 항상 웃으셨던 것은 아니셨을까.

눈물

아래로 흘러내리는 눈물들이 너무 무거운 탓인지, 눈물과 함께 나도 아래로 주저앉는다. 흘러내리는 눈물의 양만큼 슬픔들이 잊힌다면 얼마나 좋을까. 차라리 그랬다면 마음 놓고 목 놓아 울어버렸을 텐데 말이다. 하지만, 그럴 수 없는 현실이기에 울컥하는 마음을 어떻게든 추스르고 살아간다.

고생 많았다, 당신.

끝말잇기

왜 하필이면 당신은 그날 나에게 말을 걸었을까요. 그런 당신에게 나는 왜 어설픔이 가득한 대답을 했을까요. 우리의 대화는 왜 그날 이후로 계속 이어졌던 걸까요. 왜 끊이지 않을 것만 같은 대화들이 우리 사이에 오고 갔던 걸까요.

영원히 주고받을 것만 같았던 우리의 대화였는데, 이제는 정말 끝이 난 것 같네요. 당신이 하고 싶은 말들이 모두 끝났다면, 먼저 일어나서 떠나줄래요? 나는 여기 남아서 조금만 더 고민하다가 떠나볼게요.

혹시나 여기로 다시 돌아오고 싶다면, 언제든지 다시 돌아와도 괜찮아요. 아마도 난 그때까지 여기 남아있을 것 같기도 해서요. 당신의 마음이 바뀌어서 돌아왔을 때도 내가 남아있다면, 그땐 내가 먼저 당신에게 말을 걸어볼게요.

"안녕"

당신을 사랑한 내 잘못이다

당신은 나의 마음속에
허락도 없이 들어오더니
허락도 없이 나가버린다.

너무 슬프지만 어쩌겠는가.

그런 당신을 쉽게 뿌리치지 못한
당신을 너무 많이 사랑한 내 잘못이다.

당신을 만나며 알게 된 것

'보고 싶다'라는 생각을 곱게 접어, 나의 마음속 한편에 묻어둔다. 이내 보고 싶었던 당신을 만날 때면, 접어둔 것을 펼쳐 '사랑해'라는 말을 만들어 낸다.

당신을 만나면서 확실히 알게 되었다.

보고 싶다는 것은 사랑한다는 것임을.
사랑한다는 것은 보고 싶다는 것임을.

당신이라는 바다

나를 삼킬 듯이 갑작스럽게 밀려와서는 내가 다가서면 어느 순간 도망가 버린다. 그런 당신에게 나는 잠겨버리고 싶은데, 타이밍을 맞추기가 너무나도 어렵다. 그런 나의 마음을 아는지 모르는지. 당신은 꾸준히 나에게 왔다 갔다를 반복한다. 바라만 보고 있어도 푸르게 아름다운 당신이어서, 그저 바라만 보고 있을까 싶기도 하다. 오늘따라 유난히 파도가 세게 몰아친다. 오늘은 당신에게 내가 충분히 닿을 것 같다. 조심스럽게 당신에게 잠겨야겠다. 처음에는 차갑겠지만, 조금씩 조금씩 익숙해지며 당신과 나의 온도를 맞추어가며 잠겨야겠다.

당신만의 세상

힘든 일에 잠시 흔들려 버린, 세상에서 제일 소중하고 아름다운 사람아. 불어오는 바람에 중심을 잡지 못하고 쉽게 흔들려버린 것에 대해, 너무 자책하거나 힘들어하지 않았으면 해. 비록, 잠시 흔들렸지만 꺾이지는 않았잖아. 이제는 그런 바람이 불어올 때면, 한철 머물다 가버리는 바람에 불과하다는 것도 알았잖아.

잘 버텨냈고 꺾이지 않았으니, 그것만으로도 충분히 잘 해낸 거야. 그러니 끝까지 꺾이지 않고 버틴 후에, 꼭 당신만의 예쁜 꽃을 세상에 피워내길 바라. 그렇게 피워낸 당신만의 예쁜 꽃의 색으로, 당신의 인생을 아름답게 물들이기를 바라.

당신을 가장 많이 사랑해 주었던 사람

앞으로 누구를 만나던 당신은 꼭 사랑받을 사람일 겁니다. 하지만 당신이 받을 사랑이, 내가 당신을 사랑했던 만큼은 아니었으면 좋겠습니다. 그래서 당신의 머릿속에 가끔은 내가 떠올랐으면 합니다.

이기적이지만, 당신의 이번 삶에서 당신을 가장 많이 사랑해 주었던 사람은 나였으면 합니다.

3부

해피엔딩

아픈 적이 있었기에 낫는 법을 알고, 넘어져 봤기에 다시 일어서는 법을 안다. 그러니 하고 싶은 일들에 마음껏 도전하면서, 넘어지고 아파하며 실수해도 괜찮다.

결국, 마지막에는 그 순간들을 추억하며 되돌아보는 멋진 당신이 있을 테니 말이다.

행복의 기준

행복이라는 것은, 그 기준이 명확히 정해져 있지 않다. 그렇기에 사람마다 행복의 기준이 모두 다르다. 마음먹기에 따라서 행복할 수도 있고, 그렇지 않을 수도 있다고 생각한다. 지금의 이 순간을 행복과 불행으로 나누는 것은, 오직 본인의 생각과 본인이 만들어 놓은 기준들이다.

사람마다 행복의 기준이 다르다는 것은, 어떻게 보면 그 기준을 본인 마음대로 정할 수도 있다는 것이다. 그러니 행복의 기준은 본인에게 유리하게 만들어 놓고, 불행의 기준은 엄격하게 만들어 놓자. 본인에게 행복들은 더욱 쉽게 찾아올 수 있도록 하고, 불행들은 찾아오기 어렵도록 하자.

행복의 기준은 모두가 다르고, 그 기준은 본인이 정하는 것이라는 걸 잊지 않았으면 한다. 마지막으로 바라는 건, 모두가 본인들만의 기준으로 조금은 더 행복이 많은 삶 속에서 살아갔으면 좋겠다.

예쁘게 살아가자, 친구야

늦은 새벽, 갑자기 잠에서 깨어났다. '뭐지?'라는 생각과 함께, 어디선가 진동 소리가 들려왔다. 진동 소리를 따라가서 불빛을 집어 들어보니 핸드폰이었다. '이 시간에 뭐지?'라는 생각도 잠시. 친구의 전화였다. 정신을 차리고서는 전화를 받았다. 받자마자 친구의 첫 마디는 "민재야, 나 너무 힘들어. 어떻게 해야 할지 모르겠어."였고, 그 후에도 계속 울음소리만 들려왔다.

항상 밝은 모습만 보이던 친구였다. 언제나 좋은 말, 긍정적인 말만 하던 친구였다. 이야기를 나눌 때면, 나도 모르게 행복한 기분만 생기게 해주던 친구였다. 가끔은 같은 나이가 맞을까 싶을 정도로 어른스럽기도 했다. 그런 친구에게서 처음으로 이런 전화가 왔다. 당황스러웠다. 매번 이 친구에게 위로받기만 했던 나였기에, 어떻게 해야 할지를 몰랐다. 천천히 진정시킨 뒤, 무슨 일이냐고 먼저 물었다. 돌아온 대답은 '시험'때문이었다. 같이 공부하던 친구들은 대부분이 합격해버렸고, 그 외의 친구들도 대부분 직장을 다니며 조금씩 자리를 잡아가는 것 같은데, 본인만 계속 제자리걸음인 것 같다고 했다. 항상 고민을 들어주고 위로할 줄은 알았는데, 본인 이야기는 꺼내기가 너무 어려웠다고 한다. 오늘은 너무 힘들어서 혼자서 술을 조금 마셨고, 그 상태로 SNS에서 내 글을 보다가 나에게 전화를 걸었다고 했다.

오랫동안 대화를 주고받다 보니, 오랜만에 우리 둘은 아무런 걱정이 없었던 어릴 때로 돌아간 것만 같았다. 철없이 웃고 떠들던 그때로 말이다. "우리 나중에 커서 뭐가 되어 있을까?"라는 뜬금없는 질문에, "야, 세상에 직업이 몇 개인데, 뭐라도 하면서 살겠지."라며 걱정 없이 웃어넘기던 그때로 말이다. 결국, 전화의 끝은 어릴 적 추억들을 떠올리며 끝이 났다. 어릴 때와 전혀 다를 것이 없었다. 실컷 웃기도, 울기도, 사투리로 함께 욕을 내뱉기도 하면서 말이다.

숫자가 대체 무엇이기에 우리의 삶을 이렇게 상처 내고 아프게 하는 것일까. 키, 몸무게, 성적, 등수, 연봉, 나이, 날짜

등. 너무 많은 숫자 속에서 살아가고 있는 우리들이다. 태어날 때부터 날짜를 새기며 태어난 우리들은, 죽을 때까지도 날짜를 새기며 죽는다.

그런 숫자들 속에서 경쟁하고 이겨낸다고 많이 힘들었지 친구야. 그래도 숫자들 덕분에, 오늘 새벽에 우리 이렇게 서로의 전화번호를 통해서 연락했잖아. '우리 벌써 몇 살이잖아.'가 아니라 '우리 아직 몇 살이잖아.'라는 마음으로 조금은 털어내고 살아가자.

앞으로 각자의 인생, 예쁘게 색칠하면서 살아가 보자. 그리고 어릴 때처럼, 서로 누가 더 예쁘게 색칠했냐며 웃고 떠들며 지내보자. 결국은 둘 다 예쁘게 색칠했다며, 서로의 집에 예쁘게 걸어두었던 그때의 그림처럼. 우리 그렇게 예쁘게 살아가자, 친구야.

어른이 되어 갈수록

조금씩 어른이 되어 갈수록

알게 되는 사람들은 늘어나는데
알게 되는 관계들은 줄어드는 것 같고

보고 싶어지는 사람들은 늘어나는데
볼 수 있는 사람들은 줄어드는 것 같다.

목적지 미정

밀려오는 것들에 자주 흔들리는 요즘이다. 밀려오는 것들이 큰 것인지, 아니면 내가 중심을 제대로 잡지 못하는 것인지 알 수가 없다. 분명한 건, 내가 흔들린다는 것뿐이다. 중심을 잡으려고 발버둥 치고, 이리저리 중심을 꽂아보아도 잠시뿐이다. 결국은 밀려오는 것들에 다시 흔들리고 만다.

이제는 그냥 흘러가련다. 밀려오는 것들의 방향에 맞추어서 몸을 맡기고, 그 방향에 맞도록 흘러가련다. 그러다 멈춰지는 곳이 있으면, 그곳에 정착하고 살아가련다. 지금의 나는 흔들리는 것이 아니라 어떤 목적지까지 흘러가는 중이라고 생각하련다. 그냥 그렇게 살아가련다. 대신, 그저 꺾이지만 않도록 최선을 다해서 노력하련다.

마지막에 도착해보면 알겠지. 세상은 나를 왜 이곳까지 데려왔는지. 나는 왜 이곳까지 흘러왔는지. 그리고 이곳에서 나는 또 어떤 새로운 행복을 찾으며 살아갈 것인지.

아직까지 정해진 것은 없다. 꺾이지만 않으면 된다. 꺾이지만 않으면, 흘러가서 내가 도착한 곳에서 무엇이든 정할 수 있다. 그러니 이제는 세상에 조금 몸을 맡겨두어야겠다. 흔들리는 것을 받아들이며 유연하게 살아가야겠다. 오늘부터는 내가 흔들려 도착한 곳에서 어떻게 행복을 찾으며 살아갈 것인지 조금씩 생각하며 지내야겠다.

고정관념

자그마한 화분에 담긴 식물 두 종류를 선물 받은 적이 있었다. 자취방에서 식물을 길러본 적이 없던 나였기에, 우선 햇빛이 잘 드는 곳부터 찾았다. 베란다 창가에 화분들을 올려다 두니, 제법 그럴싸해 보였다. 식물의 종류도 제대로 모른 채 그냥 키웠다. 하나는 주황색이 매력적인 아이였고, 하나는 노란색이 매력적인 아이였다. 자취방에서 키우는 첫 식물들이었기에 정이 많이 갔다.

며칠 후, 아침에 일어나 습관적으로 식물들을 보러 갔다가 당황했다. 노란색 꽃의 식물은 괜찮았는데, 주황색 꽃의 식물이 시들어서 거의 죽어가고 있었다. 순간적으로 이게 무슨 일인가 싶어 이리저리 찾아보고 난리였다. 찾다가 알게 된 것이, 주황색의 그 식물은 빛을 많이 보면 안 되는 식물이었다. 그것도 모르고 계속 햇빛이 잘 드는 곳에 방치해두었으니 시들어버리는 것이 당연한 일이었다. 노란색 식물은 햇빛을 보며 자라는 것이 맞아서 그나마 다행이었다. 황급하게 주황색 식물을 집 안의 그늘지고 서늘한 곳으로 옮겼다.

식물들은 대부분 햇빛이 잘 드는 곳에 두어야 한다는 나의 고정관념 때문에 식물 하나를 죽일 뻔했다. 같은 식물이어도 자라나는 방법이 다를 수 있다는 것을 생각했어야 하는데 말이다.

어쩌면 우리 사람들도 식물처럼, 이런 고정관념 때문에 시들어버리는 사람들이 있을 것 같다는 생각이 문득 들었다. 분명 모두 다르게 태어난 사람들인데, 너무 정해진 기준이나 고정관념들이 많은 것 같다. 몇 살에는 어떻게 지내야 하고, 이때는 어떻게 해야 하고, 평균은 이 정도여야 한다는 등 말이다. 이런 것들이 맞는 사람들도 물론 있겠지만, 맞지 않아서 인생이 시들어가는 사람들도 있을 것이다. 그럴 때면, 대부분의 사람은 시들어가는 사람을 탓한다. 잘 이겨내며 살아가는 사람들과 비교하며, 그 사람의 시듦을 그 사람에게만 온전히 탓하고 핍박한다.

물론, 본인이 좋아하는 환경에서만 살아갈 수는 없을 것이다. 그건 어떤 식물들도 마찬가지일 테니까. 하지만, 적어도 모두가 다름은 인정해주고 하나의 고정관념과 기준에 모든 사람을 묶어버리지는 않았으면 좋겠다. 자신에게 적합한 환경에서는 그렇게나 예쁨을 받으며 자라던 식물도, 맞지 않는 환경으로 가면 자리만 차지하는 애물단지가 되어버린다. 시들기만 하고 애물단지인 것만 같았던 식물도 맞는 환경에 안착한다면, 그 어떤 식물들보다 자신만의 아름다움을 활짝 피워낼 수 있을 것이다.

1년 365일 사계절 동안 식물들은 저마다 꽃을 피우는 시기도 다르고 사람들의 눈에 띄는 시기도 다르다. 그만큼 각자만의 때가 있다는 것이다. 당신은 아직 준비도 되지 않았는데, 주변에서는 벌써 아름답게 피어오르는 사람들도 있을 것이다. 부럽지 않다면 당연히 거짓말이겠지만, 본인의 자존감을 깎을 만큼 부러워하지는 않았으면 한다. 당신도 언젠가는 꼭, 당신만의 때에 당신만의 아름다움을 활짝 피워낼 테니 말이다.

말할 수 없는 아픔

누구에게도 말할 수 없는 혼자만의 아픔이 누구에게나 하나쯤은 있다. 조용히 혼자서 털어놓고 싶은데, 이상하게도 들어줄 사람이 있었으면 싶기도 한 아픔 말이다. 하지만 그럴 수 없기에, 오늘도 결국은 조용히 마음속에 묻어둔다. 앞으로도 이렇게 자주, 혼자서 조금씩 아파할 수밖에 없을 것 같은 아픔이다.

공허와 나

아침마다 울리는 알람 소리. 억지로 눈을 비비며 무거운 몸을 겨우 일으킨다. '5분만 더 누워 있다 일어날까?'라고 고민하는 사이에 5분이 지나가 버린다. 얼른 씻고서 밥을 먹은 후, 나갈 준비를 한다. 정신이 하나도 없다.

밖으로 나간 후, 사람들 속에 뒤엉켜 정신없이 하루를 보내고 집으로 돌아간다. 집으로 가는 동안, 집에 가서 이것저것 하고 싶은 일들과 먹고 싶은 음식들이 잔뜩 떠오른다. 아이러니하게도 막상 집에 도착하면, 온종일 웅크리고 있었던 긴장이 풀려버려 쓰러지기 바쁘다. 아무것도 하기 싫어지고 입맛도 없어진다.

나는 도대체 무엇을 위해서 이렇게 살아가고 있는 것일까. 이렇게 살아가는 것이 과연 맞긴 한 걸까. 원래 이렇게 하루가 허탈하고도 공허했던 것이었나. 나만 이렇게 살아가고 있는 것일까. 다들 어떻게 살아가고 있는 것일까.

일상의 소리

걸을 일이 생길 때면, 예전에는 항상 이어폰을 꽂고 다녔지만, 요즘엔 아무것도 귀에 꽂지 않고 귀를 열어둔 채로 다닌다. 최근 들어 생긴 습관 중 하나인데, 일상의 소리를 듣고 싶어서이다. 매일 바뀌는, 있는 그대로의 자연 소리, 사람들의 소리를 귀에게 넣어주고 싶었다.

무선 이어폰이 나오고 난 후, 많은 사람들이 걸어 다닐 때마다 귀에 이어폰을 꽂는 것이 더욱 일상화가 되어버렸다. 그와 동시에 주변의 소리를 들을 시간도 많이 사라졌다. 나 역시도 마찬가지였다. 어딘가를 걸어서 다녀오고 나면, 걸었던 길의 분위기가 잘 기억나질 않았다. 갔다 오는 동안 들었던 음악들만이 얼추 기억날 뿐이었다. 그러다 보니 새로운 곳을 가더라도 사람이 무뎌져 버렸다. 지나왔던 장소의 분위기를 제대로 느끼지 못하고, 그 순간에 집중하지 못한다. 이러한 생각이 든 것도, 귀에서 이어폰을 빼고 걷게 된 이유 중 하나였다.

처음에는 어색했다. 귀에 매번 들리던 것이 없으니, 자꾸 주변을 살피게 되었다. 지나가는 사람들의 대화 소리가 그렇게나 큰 줄 몰랐다. 예전에는 노래 한 곡이 바뀔 때마다 내가 가는 길의 분위기가 바뀌었었다. 하지만, 이제는 한 모퉁이를 돌 때마다 내가 가는 길의 분위기가 바뀐다. 그 장소들을 조금은 더, 있는 그대로 예쁘게 기억할 수 있게 된 것 같다. 덕분에 길치였던 내가, 길도 잘 잃지 않게 되었다. 어쩌면 지금껏 눈이 열려있어도 귀를 닫은 채 다녀서 길치였던 것은 아닐까 싶기도 하다.

세상이 많이 바뀌어버렸다. 많은 사람의 눈과 귀가 더 열리게 되었다. 보고 싶고 듣고 싶은 것들이 있으면, 원하는 대로 즉시 본인에게 맞추어서 할 수 있는 시대가 되어버렸다. 하지만, 내 생각에는 보고 싶은 것들만 보고 듣고 싶은 것들만 듣는, 이러한 현상들 때문에 오히려 더 닫혀버린 것 같다.

있는 그대로의 일상. 그 속에서 보고 들을 수 있는 것들은 언제 어디서 어떻게 바뀔지 모르고, 어떤 것들이 찾아올지 모르기 때문에, 그 찰나의 순간에만 느낄 수 있는 것들이다. 그리고 예상치 못한 그 찰나의 순간을 평생 기억하는 것이다. 이런 일들은 항상 열려있어야만 제대로 느낄 수 있다. 반복 재생이나 다시 재생 같은 것은 없다.

걸을 일이 생겼을 때, 하루 정도는 잠시 핸드폰을 넣어두는 것이 어떨까? 눈에서 영상을 떼어내고, 귀에서는 이어폰을 떼어낸 채로 말이다. 있는 그대로의 일상 속에서 세상을 보고 들으며 걸어보는 것이다.

막상 처음에는 어색하겠지만, 한 번 해보고 나면 후회하진 않을 것이다. 지금껏 본인이 놓치고 있었던 것들을 많이 되찾아 올 수 있을 테니까. 생각보다 아름다운 것들이 당신에게 찾아갈 테니까.

흘러가는 강물

답답했던 날, 흘러가는 강물을 보러 간 적이 있었다. 강물이 흘러가는 소리를 듣고 있자니, 마치 사람들이 살아가는 세상 속의 소리 같았다. 그리고 그런 강물 위에 올라타서 흘러가는 것을 보고 있자니, 마치 사람 같았다. 그렇게 흘러가다가 어느 순간, 어딘가에 걸려서 더 이상 흘러가질 못한다. 강물은 계속해서 흘러가는데, 그것만 그곳에 걸려서는 흔들거리며 멈추어 있다. 어쩌면 우리가 사는 세상 속의 사람과 너무 닮아 보였다. 세상은 강물처럼 쉼 없이 계속해서 흘러가는데, 사람들은 강물 위의 그것처럼 종종 어느 곳에 걸려 더 이상 흘러가질 못한다.

아마 몰랐을 것이다. 계속 흘러갈 줄 알았겠지. '설마 내가 걸리겠어? 나는 달라.'하며 강물 위에 올라탔겠지.

눈 사랑

하루 종일 쏟아지는 눈이 마치 사랑 같다.

이만큼 펑펑 쏟아져 내림에도 불구하고
언젠가는 전부 사라지고 만다.

첫눈

며칠 전, 집 앞에 첫눈이 내렸다. 진짜 겨울이 오긴 했구나 싶었다. 창문 밖의 보슬보슬 내리는 눈이 너무 예쁜 나머지, 하던 일들도 잠시 미뤄두고서는 옷을 챙겨 입고 밖으로 나갔다. 동네의 아이들도 첫눈에 신이 난 것인지 나와서 뛰어다니기 바빴다. 내 옆의 두 아이는 남매인 것 같았는데, 서로의 손을 꼬옥 잡고서는 눈 구경을 하고 있었다. 그러다 둘이서 갑자기 심각한 대화를 하는 것 같더니 나에게로 다가와서는 대뜸 질문했다.

"형, 지금 내리는 거 첫눈 맞아요? 첫눈은 분명히 1월에 왔었잖아요! 근데 사람들이 왜 자꾸 12월인 지금 첫눈 온다고 말해요?"

나를 바라보며 대답을 기다리는 두 아이의 눈망울을 바라보는 동안, 너무 귀여워서 나도 모르게 미소가 사라지질 않았다. 가을에서 겨울로 넘어가며 처음 내리는 눈을 많이들 첫눈이라 부른다고 하니, 갑자기 두 아이 모두 바빠졌다. 잠시 후, 두 아이는 두 손을 모으고 눈을 감았다. 그렇게 몇 초 동안 가만히 있다가 눈을 뜨고서는 소원을 빌었다고 했다. 무슨 소원을 빌었는지 궁금하여 물어보았다. 하지만, 소원은 빌고 나서 다른 사람에게 말하는 것이 아니라며 입을 꾹 다물고선 고개만 좌우로 흔들 뿐이었다. 나에게도 얼른 소원을 빌라며 다그친 탓에, 얼떨결에 나도 소원을 빌었다. 귀여운 두 아이와 첫눈 구경을 마친 후, 나는 다시 집으로 돌아왔다.

첫눈 오는 날에 소원 비는 모습을 직접 보고, 함께 소원을 빌어본 것은 생전 처음이었다. 눈으로 눈을 구경하고, 예쁘게 사진으로 남길 생각은 했어도, 소원을 빌어본 적은 없었던 것 같다. 그런데 오늘 만난 두 아이 덕분에, 처음으로 첫눈 오는 날에 누군가와 함께 소원을 빌며 따뜻하게 첫눈 맞는 추억을 쌓았다.

나는 어릴 때부터 첫눈 오는 날이면, 소원이 아닌 눈사람을 가장 먼저 생각했었다. 길거리에 만들어진 눈사람을 보면, 왜 그렇게도 신이 났었는지 모르겠다. 그래서 다음에 눈이 온다면, 오랜만에 집 앞에 눈사람을 하나 만들어 놓을 예정이다. 첫눈 오는 날, 소원을 빌어야 한다는 것을 내게 알려준 아이들을 위해서 말이다. 나도 그 아이들에게 나의 따뜻하고 소중한 추억을 하나 알려주고 싶어졌다. 내가 그 아이들 덕분에 행복했던 만큼, 그 아이들도 행복했으면 좋겠다. 그렇게 그 아이들에게 조금이나마 알려줄 수 있었으면 좋겠다.

겨울이 꼭 추운 계절만은 아니라는 것을.
생각보다 많은 온기가 존재하는 계절이라는 것을.

그냥 당신이라서

나와 함께 있을 때, 본인이 좋은 이유가 무엇이냐며 종종 질문을 하는 당신. 잠깐 고민하는 나를 바라보다가 또 대답이 늦다며 나에게 툴툴대는 당신.

미안해요. 나 아직도 당신이 좋은 명확하고 구체적인 이유를 찾지 못했어요. 이상하게 보일 수도 있겠지만, 좋아하는 것에 이유가 없다는 것을 당신을 좋아하면서부터 이해하게 된 것 같아요.

처음으로 당신이 나에게 본인을 좋아하는 이유를 물었을 때, 내가 했던 대답은 "그냥 당신이라서"

그게 무슨 이유냐며, 나에게 툴툴대면서도 슬며시 웃음을 짓고 있었던 당신.

요즘은 "그냥 당신이라서"라는 말 대신 다른 대답을 해봐야지 하면서도, 아직 더 좋은 말이 떠오르질 않네요. 그래도 나 당신을 좋아하는 것과 그 이유가 "그냥 당신이라서"라는 것은 진심이에요. 당신이기에 내가 이만큼이나 좋아하고 있는 거예요.

표현이 서툰 나라서 많이 미안해요. 다음에 다시 그 질문에 대답할 기회가 온다면, 그때는 당신의 토라진 표정이 보이지 않게, 토라질 틈도 주지 않고 그냥 당신을 내 품속에 꽉 안고 있을래요.

당신은 그저 당신이기에.
내 옆의 소중한 당신이기에.
내가 항상 많이 아끼고 사랑해요.

관계에서의 원근법

가까우면 익숙함에 속아 소홀해진 탓에
관계가 흐릿해져 버릴 때가 많고,
멀어지면 애틋함에 젖어 그리워진 탓에
관계가 진하게 드러날 때가 많다.

관계에서의 원근법은 자꾸 어긋나기만 한다.

저도 좀 신경 쓰고 챙겨주세요

세상에는 왜 이리도 신경 쓸 것들이 많은지 모르겠다. 신경 쓸 것들 전부 다 신경 쓰며 스트레스를 받고 나니, 정작 '나'는 신경 쓰지 못하고 버려져 있더라. 버려진 '나'는 구석에서 조심스럽게, "저도 좀 신경 쓰고 챙겨주세요"라면서 손을 흔들며 나를 바라보고 있더라.

생각지도 못한 외침이었다. 어쩌면, 그동안 나는 무엇이 우선순위인지도 잊어버린 채 살아왔던 것일지도 모르겠다.

오늘 하루는 다른 것들에 조금 신경을 꺼두어야겠다. 대신, 버려진 상태로 구석에서 조심스레 손을 흔들고 있는 저 친구에게 조금 더 신경을 쓰며 지내야겠다.

그동안 잊어버리고 버려두어서 미안했어. 오늘부터라도 더 자주 관심을 가지고 챙기도록 할게. 앞으로 내가 또 너를 잊어버리고 지낸다면, 그땐 눈치 보지 말고 당당히 손을 흔들며 크게 소리쳐주라.

'나'부터 먼저 신경 쓰고 챙기면서 지내달라고.

그런 감정

예전에는 누군가가 나를 싫어하고 미워하는 게 걱정되고 무서웠는데, 요즘에는 그러려니 한다.

알고 보면 나도 누군가를 싫어하고 미워하니까.
그 사람도 그런 감정일 테니까.

이번 겨울

쌀쌀해지는 날씨 앞에서는 한없이 움츠러드는 나였지만, 쌀쌀해지는 우리의 관계 앞에서만큼은 그러고 싶지 않았다. 어떻게든 다시 따뜻하게 해보려고 발버둥 치며 온갖 노력을 해보았다.

하지만, 어딘가 서투름이 가득했다. 서투름에 서두름까지 더해지니, 쌀쌀했던 우리의 관계는 결말이 아주 엉망진창이 되어버렸다. 어디서부터 어디까지가 사랑이었고, 어디서부터 이별의 복선이 시작되었는지 알 수가 없었다.

날씨가 점점 추워지고 있다. 다가오는 이번 겨울에는 당신이 나의 곁에 없어서 나는 더욱 추울 것 같다. 나는 꽤 추울 예정이니, 당신은 나의 몫까지 따뜻했으면 좋겠다. 나의 따뜻함까지 챙겨가서 부디 조금이라도 더 따뜻하길 바란다.

미련

놓아주어야 하는 것들을 놓아주지 못한 탓에, 다가오는 것들을 잡을 손이 없어졌다. 잡아야 하는 것들을 잡지 못하고 지냈더니, 조금씩 스스로가 꼬이고 망가지는 것이 느껴진다. 그럼에도 불구하고, 이 미련한 미련은 끝이 날 기미가 보이질 않는다.

제발, 나 좀 떠나가주라 미련아.

유의미하지도 무의미하지도 않은 관계

우리는 항상 사람들 속에서 사람들과 마주하고 부딪히며 살아간다. 그중에서는 그저 잠깐 스쳐 지나가는 사람들이 있는가 하면, 인연이 되어 서로의 주변에 계속 머물러 있는 사람들도 있기 마련이다.

사람과 사람, 참으로 신기한 것이 있다. 언제나 나의 곁에 있을 것만 같던 사람이 어느 순간 나의 곁을 영원히 떠나가 버리기도 하고, 갑자기 생각지도 못한 사람이 어느 순간 나의 곁으로 다가와 영원히 함께하기도 한다는 것이다. 또한 지금은 서로가 사랑하고 좋아하기에 서로 함께하는 가장 행복한 기억들이, 어느 순간 이별이나 다툼을 겪고 난 후에는 가장 아프고 슬픈 추억들로 남을 수도 있다.

어릴 때 죽을 듯이 붙어 다니던 친구들이 성인이 되어 서로 흩어져서 살다 보면, 서로의 삶이 달라지고 바빠져서 연락이 전혀 안될 때도 있다. 반대로, 평생을 모르고 지내다가 어른이 되어 같은 직장에서 어느 순간 갑자기 만난 사람과 어느 날부터 친해져 평생을 연락하며 지낼 수도 있다.

한때는 주어진 인간관계들이 내 인생의 전부인 것처럼 느껴질 때가 많았다. 하지만, 이런 상황들을 계속해서 겪어나가다 보니, 이제는 이러한 인간관계들이 그렇게 유의미하지도 무의미하지도 않은 것 같아진다.

평생을 함께할 것 같았던 사람이
어느 날 조용히 떠나버리기도 하고,
우연히 잠깐 찾아와 머물던 사람이
평생을 내 곁에서 함께 하기도 한다.
이처럼 인간관계는 알다가도 모르겠다.

항상 괜찮을 것이라고 말하지는 않을게

항상 괜찮을 것이라고 말하지는 않을게.

종종 너를 힘들게 하는 것들이 있겠지만,
그러한 것들이 오래 머물지는 못할 거야.

너를 기다리는 수많은 행복이
언젠가는 너를 힘들게 하는 것들을 밀어내고
수고했다 토닥이며 너를 찾아갈 테니까.

소박한 사랑

우리 그냥 소박하게 사랑이나 하며 지낼까요?

꽃 피면 꽃구경 가고, 더워질 때면 바다에 가서 시원한 바닷바람 맞으며 맛있는 것들 챙겨 먹고, 쌀쌀해지면 예쁜 옷 챙겨 입고서 단풍 구경 가고, 눈 내리면 따듯한 길거리 음식 먹으며 따듯한 이야기 나누다가 눈사람이나 만들면서 말이에요. 화려하거나 거창하진 않지만, 시간이 지나며 조금씩 서로가 서로에게 없으면 안 될 것 같은 그런 사랑이요.

어때요? 우리 앞으로 그런 사랑하며 지내볼래요?

행복의 맛

어릴 적, 온몸으로 행복이라는 것의 맛을 느껴버린 적이 있었다. 그 후, 그것만 있다면 무서울 것 없이 살아갈 수 있을 것 같았던 시절이 있었다.

하지만, 그것도 잠시였다. 시간이 지나 어른이 되어갈수록, 내가 느꼈던 행복의 양만큼 비어버린 공간들이 생기기 시작했다. 빈 공간에는 점차 다른 것들이 들어와 채워졌다. 그렇게 행복은 다른 것들과 섞이며 조금씩 옅어졌고, 그 맛도 싱거워졌다.

섞여버리고 옅어진 탓에, 이제는 행복을 맛보기 위해 다른 것들도 함께 삼켜야만 했다. 그래야 남아있는 행복을 겨우 느낄 수 있었다. 어릴 때부터 편식이 너무 심했던 탓인지, 행복한 맛만 너무 많이 삼켜버렸나 보다. 너무 빨리 사라져 버린 행복에, 싫어하는 다른 맛들이 함께 섞이니, 아직도 가끔은 삼키기가 힘들다.

처음으로 행복한 맛을 느꼈던 때를 떠올리며, 용기 내어 힘껏 삼켜보는 날도 있다. 하지만, 그때의 행복했던 만큼은 이제 더 이상 그 맛이 느껴지질 않는다. 괜한 기대 때문에, 오히려 싫어하는 맛들이 더 힘들게만 느껴질 뿐이다.

오늘 밤에는 행복한 맛이 아닌, 다른 맛들을 떠올리며 실컷 삼켜봐야겠다. 그러다가 조금이라도 행복한 맛이 흘러들어오는 순간이면, 곧바로 멈추고 그대로 잠자리에 들어야겠다. 그렇게 조금씩이나마 행복을 끝으로 하루를 마무리하는 법을 익혀봐야겠다.

인생 뭐 있나

인생 뭐 있나.

전부 다르게 태어났으니, 전부 다르게 살아가는 거지. 다른 사람과 비교할 시간에 내 인생 더 특별하게 꾸미면 되는 거지.

인생에 정해진 기준은 없으니, 당당하게 너만의 인생을 살아가도 괜찮아. 충분히 잘 해내고 있어.

거꾸로 살아봅시다 부모님

부모님과 함께 TV를 볼 때면, 보고 싶은 프로그램이 있으신지 여쭤봅니다. 매번 돌아오는 대답은 "아무거나 괜찮다."입니다. 그 대답을 들은 저는 머리를 굴려, 최근 함께 봤던 프로그램을 떠올립니다. 이윽고 그 프로그램이 나오는 채널로 이동하느라 리모컨을 쥐고 있는 손이 바빠집니다.

혼자 있을 때는 별생각 없이 보고 싶은 것을 틀어놓습니다. 하지만 부모님이 옆으로 다가오시면, 함께 볼 수 있는 것으로 보고 싶습니다. 괜찮다며, 보고 있던 것을 틀어놓고 보자며 옆에 앉으시지만, 보고 싶으신 것이 있음을 이제는 압니다. 공감대를 형성하며 함께 웃고 이야기 나눌 수 있는 것으로 보고 싶습니다.

덕분에 힙합을 좋아하던 아들이었는데, 트로트도 접해볼 수 있었습니다. 예능만 보던 아들이었는데, 다큐를 보며 사람 사는 모습에 대해서도 생각해 볼 수 있게 되었습니다.

아마도 제가 어렸을 때 부모님도 그러셨겠지요. 아기자기한 캐릭터들이 나오고, 어린이들이 좋아할 만한 채널들을 함께 보셨을 테지요. 함께 공감하며 웃고 이야기 나누셨을 테지요.

이제부터는 우리, 조금은 거꾸로 살아봅시다 부모님. 아직 많이 부족하고 못난 아들이지만, 그래도 이 정도는 이제 함께 할 수 있는 아들이니까요.

정신 나간 사람

지구는 둥근 모양이다. 그런데 과거의 사람들은 평평하다고 생각했었다. 왜냐하면, 당장 눈앞에 보이는 것이 평평하니까. 그런 이유로 그 당시에 지구가 둥글다고 말했던 사람들은 정신 나간 사람이라는 소리를 들었다고 한다. 시간이 지나, 더 큰 안목으로 보게 되니 결국 지구는 둥근 모양이었다. 정신 나간 소리를 하는 것만 같던 사람들이 결국은 옳았다.

지금 당신이 쥐고 있는 책의 모양은 어떤가? 사각형이다. 어떻게 알아챈 것인가? 당연히 책의 전체적인 모습을 볼 수 있었기 때문이다.

그럼 당신의 인생은 어떤가? 아마도 제대로 알 수 없을 것이다. 너무 추상적이라 전체적인 모습을 볼 수 없기 때문이다. 내일 당장 어떤 일이 생길지도 모르는데. 몇 시간 뒤에 갑자기 무슨 일이 있을지도 모르는데. 어떻게 추상적이고 커다란 '인생'이라는 것의 전체적인 모습을 볼 수 있겠는가.

인생은 불확실한 모습이지만, 한 가지 확신을 가지고 살아갔으면 하는 것이 있다. 모든 사람이 가진 '인생'의 모습과 크기와 생김새가 조금씩은 다르겠지만, 결국은 반듯할 것이라는 거다.

지금 당신을 힘들게 하는 일. 당장 얼마 뒤에 있을 시험, 몇 시간 뒤에 해야 하는 출근 등. 크고 작은 이런 일들이 시간이 지나고 보면 기억나지 않는 경우도 있고, 그저 흘러가는 시간 중의 일부가 될 경우가 많을 것이다. 과거에 있었던, 본인을 힘들게 했던 일들을 생각해보면 알 수 있지 않은가. 지금 당장 눈앞에 보이는 것들이 전부가 아니라는 것이다. 그러니 힘든 상황이 찾아올 때면, 그것에만 매달려 너무 많이 슬퍼하거나 기죽지 않았으면 한다. 지나가던 길에 그냥 발걸음 한 번 꼬인 것이라 생각하자. 덕분에 이렇게 걷는 것보다 다르게 걷는 것이 덜 꼬인다는 것을 알게 되었다고 생각하자.

지금 당신의 인생을 눈앞의 상황으로만 바라보았을 때, 아주 모나고 뾰족한 것들로만 가득 채워져 있다고 생각할지도 모르겠다. 하지만, 시간이 흘러 전체적인 모습으로 보았을 때는, 그런 것들이 모두 조각조각 맞추어져 하나의 반듯한 모양의 인생으로 되어있을 것이다.

나의 말을 못 믿을 것 같은가? 그러면 과거에 지구가 둥글다고 했던 사람처럼, 내가 정신 나간 사람이 되어보겠다. 훗날 시간이 지나 모든 것들이 흘러가고 나면 알게 될 것이다. 결국, 당신의 인생은 반듯하다는 것을.

소나기

아주 잠깐
내가 준비되지 않았을 때
찾아왔지만,

아주 흠뻑
나는 당신에게 엄청나게
젖어버렸다.

조금의 여유

너무 바짝 깎은 손톱은 피가 나기 마련이다. 그래서 손톱이나 발톱을 깎을 때는 조금씩 여유를 두고 깎아야 한다. 인간관계도 마찬가지이다. 누군가에게 너무 붙어서 집착하게 되면, 언젠가는 한쪽이 상처받고 다치기 마련이다. 인간관계도 손톱이나 발톱처럼 조금씩 여유를 두고 지낼 수 있어야 한다.

부디 예쁘게 살아라, 예쁜 사람아

어쩔 수 없는 상황 때문에 헤어졌다고 하면, 사람들은 항상 말한다. 정말 사랑하면 그러지 못한다고. 나도 예전에는 이 말이 틀리지 않은 것 같다고 생각했었다. 당신과 헤어지기 전까지는 말이다.

몰랐다. 연인끼리 서로 좋아하면서도 이별을 맞이할 수 있다는 현실을. 마지막에 그렇게까지 서로 울면서, 꼭 잘 지내야 한다는 말을 거듭 반복하며 헤어져야 하는 슬픈 현실이 존재할 수도 있다는 것을. 우리 언젠가는 서로, 몇 년이 걸리든 지금의 주어진 상황들을 잘 이겨내고서 미소 지으며 다시 만날 수도 있지 않을까라며 바보같이 웃기도 했지만, 결국은 울면서 마무리된 우리의 연애.

이별 후, 누군가에게 쫓기듯 조용히 사라져버린 당신이었기에 아무런 소식도 들려오질 않는다. 나뿐만이 아니라 주변의 지인들 모두 당신의 소식을 모른다. 혹시나 하는 마음에 가끔 당신의 번호로 전화를 걸어보면, 이 번호는 없는 번호라고 말해주는 사람의 목소리만이 사라진 당신의 소식을 들려준다.

잘 지내고 있는지 모르겠다. 좋은 쪽으로 생각하고 싶지만, 현실적으로 판단하기에는 아마도 당신이 아직 그 상황을 이겨내지 못했을 것 같다. 당신에게 주어진 모든 상황을 솔직하게 다 털어놓고서 나의 앞에서 미안하다며 울었던 당신이었기에. 그렇게 당신에게 주어진 상황들을 그 누구보다도 잘 알아버린 나였기에 말이다.

미웠다. 당신이 아닌 세상이. 그런 상황에 당신을 던져 놓은 세상이. 우리를 사랑에 빠지게 한 세상이. 오늘도 나는 당신이 잘 지내지 못할 것을 뻔히 알면서도 잘 지내고 있기를 바란다.

앞으로 본인에게 주어진 상황들을 모두 해결하다 보면, 남은 인생에서 본인은 평생 누군가를 만나기 힘들 것 같다고 하던 당신. 혹여나 다 이겨내더라도 너무 오랜 시간이 지나버린 탓에, 나에게 다시 만나자는 말은 못 할 것 같다던 당신.

다 이겨내고 난 후, 늙었을 때까지 나의 번호가 바뀌지 않았다면, 20대의 본인을 사랑해 주어서 고마웠다는 문자 한 통 꼭 남기겠다던 당신.

당신의 상황들을 너무나도 잘 알고 있기에, 당신에게 주어진 그 상황을 얼른 이겨낼 수 있을 거라는 말은 쉽게 뱉어내질 못하겠다. 언제가 될지는 모르겠지만, 당신에게 주어진 힘든 상황들을 이겨내게 된다면, 남은 삶은 꼭 좋은 사람들과 함께 행복하고 예쁘게 살았으면 좋겠다. 당신은 충분히 그럴 자격 있는 멋지고 예쁜 사람이니 말이다.

알 수 없는 당신

보고 싶은데 보고 싶지 않고,
생각은 나는데 생각하고 싶지 않다.

이별 후의 당신은 참으로 알 수가 없다.

아름다움을 알려주어 고마워

평소와 같이 매번 걷던 길을 무심하게 걸어가는 중이었다. 그런데 오늘따라 유난히 꽃 한 송이가 눈에 띄었다. 마치 자기를 쳐다봐달라는 듯이 바람에 살랑살랑 흔들리며 나를 바라보는 것 같았다. 나도 모르게 그 자리에 멈추어 서서 그 꽃 앞에서 몇 분을 서 있었다. 분명 자주 걸어 다니던 길이었는데, 이곳에 이런 꽃이 있는지 처음 알았다.

계속 바라보고 있다 보니, 꽃의 색이 참으로 맑고 아름다웠다. 앞뒤 좌우로 흔들리는 모습이, 왜 이제야 찾아온 것이냐고 나에게 투정을 부리는 것 같았다. 미안하다며 핸드폰을 열어 사진 한 장을 찍어 남겨두려다가 그만두었다. 아무리 이리저리 각도를 잡아보고, 필터를 바꾸어보아도 눈으로 직접 본

것만큼 예쁘게 담기질 않아서였다. 그래서 매일 그 길을 걸을 때마다, 그 꽃 앞에서 걸음걸이의 속도를 잠시 늦추면서 눈으로 한참을 바라보며 걸어갔다.

시간이 지나고, 꽃이 조금씩 시들기 시작했다. 순간적으로 '어떻게라도 사진으로 남겨 놓을 걸'이라며 후회했던 날도 있었다. 꽃이 거의 다 시들어갈 무렵, 나는 꽃 앞에서 다시 핸드폰을 열었다. 이번에는 카메라 대신 메모장을 열어 글을 썼다. 색이 참으로 맑고 아름다웠던 그 꽃의 아름다움을, 흑백이 가득한 이 글로 전부 담아내진 못할 것이다. 하지만 그 꽃 덕분에 알게 된 그 순간의 감정과 기억, 그리고 아름다움들을 잊고 싶지 않았다.

매일 반복되던 같은 장소의 길에서 나에게 아름다움을 알려주고, 조금은 천천히 걸어갈 수 있게 해주어서 그동안 고마웠어. 비록 너는 떠나가고 더는 그 장소에 존재하지 않겠지만, 그 장소를 지나갈 때마다 걸음걸이의 속도를 늦추며 너를 잊지 않고 항상 떠올리도록 할게.

사랑의 태도

천천히 오랫동안, 그리고 잔잔하게.

우리, 그렇게 살아가며 사랑해요.

4부

망각

내가 사라져도 잠깐만 슬퍼하기를
원래 없던 사람이라 생각해주기를
조금만 슬퍼하고 다시 행복하기를

그렇게 조금씩 나를 잊어주기를
그렇게 조금씩 내가 사라지기를

다신 만나지 맙시다

날씨가 많이 풀렸어요. 이제 곧 봄도 찾아올 것 같고요. 불어오는 바람의 온도도 바뀌고, 사람들의 옷차림도 바뀌어 가는 듯해요. 바뀌지 않는 것이라고는 다신 만나지 못하는 우리의 관계밖에 없는 듯해요.

봄이 찾아올 때, 당신도 함께 찾아오면 좋겠지만 그럴 일은 없겠죠. 이번 겨울이 떠날 때, 당신에 대한 모든 미련을 함께 떠나보내려 합니다.

부디, 다신 만나지 맙시다 우리.

검정색

원인을 알 수 없는 우울들이 나의 하루를 집어삼켜 버리는 날들이 있다. 분명히 원인은 없는데, 우울이라는 결과만을 나에게 안겨주고 가는 날. 그 누구와도 말을 섞고 싶지 않지만, 혼자 있기는 싫고, 누구라도 내 마음을 알아주었으면 하는 날. 해야 하는 일들은 산더미 같은데, 아무것도 손에 잡히지 않고, 하고 싶지도 않은 날.

분명 원인은 없는데, 원인이 없어서 쉽사리 고칠 수도 없고, 어떻게 해야 할지도 모르겠는, 그런 날.

그렇게 원인을 알 수 없는 우울들이 나의 하루를 온통 검정색으로 만들어버리는, 그런 날들이 있다.

외할아버지 2023.03.26.

봄꽃이 아름답게 피어나니
당신은 아름답게 잠에 드시네요.
차디찬 추운 겨울 다 견디어 내셨는데
따뜻함에 여린 마음 녹아버리신 탓인가요.
한결같이 따뜻한 분이셨기에
따뜻한 봄 하늘로 꽃을 피우며
아름답게 떠나셨으리라 믿겠습니다.
끝없을 것만 같던 여행의 마침표를
이리도 조용히 찍고 가버리실 줄이야.
살아오시느라, 이겨내시느라, 참아내시느라
그동안 정말로 고생이 많으셨습니다.
그곳에서는 부디 편히 쉬고 있으소서.

언젠가는 다시 만나 뵈러 가겠습니다.
그때는 어엿한 외손자가 되어 가겠습니다.
흩날리는 봄꽃들의 축복을 받으며
따뜻하게 떠나시길 바랍니다.
그동안 감사했습니다.
사랑합니다.

자아 분열

적막만이 가득한 어느 공간 속에 서 있는 사람. 본인의 눈에 보이지 않는 본인의 모습을 찾겠다며 허우적거림과 함께 적막을 깨버리는 시끄러운 몸부림. 끝까지 본인의 얼굴 생김새는 알지 못한 채 멍하니 서 있는 사람. 그래, 어차피 쳐다보는 사람도 없는데 얼굴의 생김새가 무슨 상관이겠는가. 겉모습이 무슨 상관이겠는가. 그냥 살아가면 된다. 적막과 함께 공존하며 살아가면 된다. 조금은 시끄러운 사람과 그에 대해 아무런 대답도 없는 고요한 공간. 상반된 존재들이지만 그냥 그렇게 살아가는 중이다. 아무런 문제도 없다. 그렇게 조금씩 살아가며 사라지면 된다. 그럼 된다. 아무런 일도 없었다.

참는 습관

요즘 들어 부쩍, 하루를 살아가는 것이 아니라 아등바등 버티면서 지내고 있는 것 같다는 생각이 들곤 한다. 앞으로 한 발짝씩 나아가고 있는 것이 아니라, 현재의 모습에서 뒤로 밀리지 않으려 이를 악물고서는 버티고 있는 것 같은 그런 느낌이다.

이런 느낌이나 생각이 들 때마다, 괜히 주변 사람들도 나 때문에 힘들어질까 봐 혼자서 숨기며 참는 것이 습관이 되어버렸다. 그렇게 참는 것이 습관이 되다 보니, 이제는 나의 아픔들이 얼마나 쌓였는지도 알 수가 없게 되어버렸다. 또 그런 아픔들이 나의 마음을 비참하게 갈기갈기 찢어서 버려 버리고 있는데도 아무런 감각이 없다. 참는 것이 습관이 되어버린 나는, 이제 그런 것들도 무감각하게 참을 수 있게 되어버린 것 같다.

그런데 오늘만큼은 나의 그런 습관들이 잘 먹히지 않는 날인 것 같다. 주변 사람들에게는 항상 밝은 모습, 기쁜 소식만 들려주고 싶었는데. 오늘은 그러질 못할 것 같다. 오늘 하루만, 아주 잠시만이라도, 짧다면 짧은 이 글을 빌려 털어내고서 잠에 들어야겠다.

사실, 나 지금 너무 많이 힘들다고. 이렇게 살아가야 하는 세상이 너무나도 무섭다고. 누가 이런 내 마음 좀 알아달라고.

하루하루 살아가고 있는 것이 아니라,

하루하루 죽음에 가까워지는 것 같다.

건전지

'오늘은 또 어떤 하루가 시작될까?'라는 생각과 함께 일어나던, 철없던 어린 시절이 가끔은 그립다. 분명 매일이 비슷했지만, 그 속에서도 조금씩 다른 하루들이 빼곡하게 적혀있던 학생 때의 일기장. 그 일기장을 다시 꺼내어 읽을 때면, 다른 사람의 일기장을 읽고 있는 느낌마저 들 때도 있다.

눈을 뜨면 출근과 퇴근의 똑같은 하루들이 반복되는 삶 속에서, 나는 살아가고 있다는 생각들이 조금씩 사라지기 시작했다. 다르게 말하자면, 죽어가고 있는 느낌이다. 이런 우리의 삶은 마치 충전될 수 없는 건전지 같다는 생각이 들기도 한다.

충전될 수 없는 건전지는 사용하기 시작한 순간부터, 얼마나 남아있는지만 계속 확인하면서 사용한다. 그렇게 점점 줄어들다가 때가 되면 죽어버린다.

우리도 어쩌면, 이런 건전지처럼 살아가는 것 같다. 어릴 때부터 열심히 노력해서 사회에 사용될 수 있는 건전지처럼 만들어진다. 그렇게 완성된 건전지는 사용량이 끝날 때까지 매일 비슷한 하루들이 반복되면서 계속 닳아간다.

참 슬픈 말이지만, 사회에 나오는 순간부터 우리들의 삶은 이렇게 건전지처럼 닳아가고, 닮아가는 것 같다.

당신이라는 건전지는 이제 얼마나 남으셨나요? 부디, 아깝지 않게 유용하게 오랫동안 쓰였으면 좋겠습니다.

꿈

어릴 때는 세상이 참 큰 것처럼 느껴졌었다. 그래서인지 '꿈'이라는 것도 아주 크고 많이 가졌었다. 항상 크게 생각하고, 세상에서 제일 멋진 사람이 될 수 있을 것이라 생각하며 지냈었다.

하지만, 커갈수록 현실이라는 벽에 부딪히기 시작하면서 세상이 점점 작게 느껴지기 시작했다. 크게 가졌던 꿈들도 하나둘씩 작아지기 시작했다. 다른 사람들과는 다르게 살아보겠다고 다짐하며 살았던, 하고 싶은 일들이 생기면 계산하지 않고 도전했던 그때가 그립다. 어릴 적, 도전적이고 당차기만 했던 그때의 그 아이는 도대체 어디로 사라져 버린 것인지 알 수가 없다.

'꿈'이라는 단어 하나가 이렇게 어렵고 힘든 단어인지 몰랐다. 그렇다고 '꿈'을 버리고 살아가기에는 인생이 너무 허무해 보인다. 하지만, '꿈'을 가지고 살아가기에는 또다시 '꿈'을 잃어버릴까 봐 너무 겁이 난다.

앞으로 난, 어떻게 해야 할까. 가끔은, 어릴 때의 용감하고 당돌했던 그 아이가 참으로 그립고 보고 싶다.

당신에게 전해주고 싶은 말

고생 많았어요. 수고했어요. 잘 이겨내고 있어요. 모두 잘 해결될 거예요. 좋은 일들만 기다리고 있을 거예요. 당신은 꼭 해낼 수 있을 거예요. 힘들 땐 잠시 내려놓아도 괜찮아요. 틀린 게 아니라 다른 거예요. 당신은 충분히 괜찮고 멋진 사람이에요.

동심童心

축구가 좋다며 항상 챙겨 다니던 주황색 축구화. 흙먼지 날리며 시간 가는 줄 모르고 공을 차던 운동장. 땀을 식히려 앉아있었던 커다란 플라타너스 나무 그늘 아래. 문구사에서 팔던 300원짜리 떡볶이와 500원짜리 슬러시, 1000원짜리 콜팝. 그리고 친구들과 옹기종기 모여 앉아 죽어라 두들겨대던 문구사 앞 철권 오락기. 바쁘셨던 부모님이 힘들어질 것은 생각도 못 한 채, 신난 표정으로 매번 반장이 되어오는 아들. 그런 아들이 참여하는 학교 행사라면 언제든지 시간 내어 응원하러 오셨던 부모님.

돌이켜보면, 내 삶에 있어서 가장 순수하고 솔직하게 살아갈 수 있었던 순간. 아들이 그런 동심의 순간을 보낼 수 있도록 그저 묵묵히 이해하고 지켜주셨던 부모님.

빗소리

비가 그치고 나면, 맑아진 공기와 함께 은은하게 퍼지는 비 냄새가 세상에 진동한다. 한바탕 쏟아진 빗물들이 세상의 모든 것들을 시원하게 직접 닦아주고 간 덕분에, 바라보는 사물들이 조금은 더 선명하게 보이기도 한다. 우리를 괴롭히며 사라지지 않을 것만 같던 뿌옇고 탁한 공기들마저 빗물 앞에서는 속수무책이다. 덕분에, 평소 망설였던 창문을 여는 일도 비가 그친 직후에는 거리낌 없어진다.

열어둔 창문 너머로는 많은 소리들이 놀러 온다. 비가 온 후 고여 있는 물 위를 서핑하듯 달리는 자동차 소리, 숨어있던 동네 아이들이 하나둘씩 웅성거리며 놀이터로 모이는 소리, 어디에 숨어있다 나타난 것인지 모를 생명체들의 소리, 높은

곳에 매달려있다 뒤늦게나마 떨어지는 빗물들의 소리까지. 빗물들의 빗소리 연주가 막을 내리고 나면, 다시금 이렇게 세상의 다른 연주가 울려 퍼지기 시작한다.

어쩌면 쏟아지는 빗소리는 우리에게 전하는 잔소리일지도 모르겠다. 제발 좀 깨끗한 환경에서 맑은 것들을 보고 살아가라고 말이다. 어쩌면 그 잔소리는 맞는 말이기에, 지구상의 많은 것들이 비가 오는 동안 한없이 움츠러들어 있는 것일지도 모르겠다.

앞으로는 빗소리가 잔소리가 아닌 하나의 화음으로 쌓일 수 있었으면 좋겠다. 그렇게 세상의 모든 연주들이 조화를 이루며 서로 아름답게 어우러져 살아갔으면 좋겠다.

보고 싶다

보고 싶다.

생각보다 많이 보고 싶다.

그냥 보고 싶고, 보고 싶다.

머릿속에 다른 말들은 생각이 나질 않는다.
그냥 당신이 너무나도 많이 보고 싶은 날이다.

하지 못한 말

당신에게 하고 싶었던 말들이 입안에서 계속 맴돌기만 한 탓에, 결국 입안을 깨물어 버렸습니다. 입안에 생긴 상처가 건드려질 때마다 입이 벌어지고, 당신을 좋아한다는 말을 내뱉고 싶습니다.

하지만 당신 앞에만 서면, 맴도는 말들이 혹시나 입 밖으로 튀어나올까 봐 입을 꾹 다뭅니다. 그리고서 상처를 보이지 않게 가려봅니다. 누군가에게 좋아한다는 말을 내뱉는 것이 이렇게나 힘든 일인 줄 처음 알게 되었습니다.

당신 생각이 자주 떠오르지만. 홧김에 좋아한다고 말해버리고 싶지만. 어떻게든 참아보려고 합니다. 괜히 나의 섣부른 마음과 행동 때문에 당신을 나의 곁에서 영원히 잃을까 싶어서요.

이런 나의 모습을 보고 있자면, 나 자신이 한심하면서도 답답할 따름입니다. 비겁하지만, 이 글을 쓴 김에 이곳에서나마 조심히 내뱉고 가야겠습니다.

"당신이라는 사람, 제가 정말 많이 좋아해요."

서운함

머리로는 이해하려 해보지만,
마음으로는 이해하지 못하는 것.

당신으로 가득한 하루

당신을 꼭 잊겠다는 다짐으로
당신을 잊겠다는 말을 되새긴다.

그렇게 나의 하루의 시작과 끝은
당신을 잊겠다는 말로 가득 채워진다.

결국, 나의 하루는 또다시 당신으로 가득하다.

사랑에 대한 의심

사랑이라는 것이 어떤 경우엔 의심스럽고 불안할 때가 있다. 그럴 때마다, 당신은 항상 나의 그런 마음을 이해한다고. 앞으로 본인이 더욱 믿음을 주겠다고 말한다. 평생을 서로 모르는 상태로 살아왔고, 그러다가 만난 우리였으니 그런 마음이 드는 것이 어쩌면 당연할지도 모르겠다고 말한다. 서로가 따로 살아온 날들이 함께 만나온 날들보다 길었기에 그럴 수도 있다고 말한다. 그럴수록 우리 둘이 함께 알아가고 계속 함께 지내면서, 앞으로는 우리가 함께한 시간이 함께하지 않은 시간보다 더욱 길어질 수 있도록 살아가자고 말한다.

당신은 왜 이렇게까지 사랑에 대해 의심이 많은 나를 놓지 않고서 끝까지 잡고 있는지 모르겠다. 당신이라는 사람을 만나고 난 뒤로는, 나도 모르게 조금씩은 사랑이라는 것에 대한 의심이 사라져가고 있는 것 같다.

아니. 의심하기 싫어지는 것 같다.

순간을 소중히

별것 아닌 듯한 지금의 작은 순간들도, 시간이 지난 후에 천천히 되돌아보면 큰 추억이 되어있을지도 모르는데. 우리는 그런 사실을 쉽게 잊어버린 채, 주변의 소중한 것들을 생각보다 많이, 너무나도 쉽게 놓치면서 살아가는 것 같다.

낭만과 손을 잡고 사랑해 보자는 말입니다

창밖을 바라보니 비가 내리네요. 우리 바보 같은 짓 하나만 할래요? 밖으로 나가서 우산 없이 천천히 걸어보는 거예요. 서로의 발걸음이 맞추어져도 좋고, 엇갈려도 괜찮아요. 한 명이 잠시 삐끗할 때면, 서로 나누어 잡은 손에 힘을 더 주며 중심을 잡아줘요. 아니면 함께 넘어져 버리는 일도 괜찮을 것 같아요.

그러니까, 이것저것 따지는 것 없이 우리라는 낭만 속에서 살아보자는 겁니다. 가끔 현실감각 없는 서로가 너무 바보 같아 보일 때면, 그 모습조차도 사랑한다며 서로를 끌어안아 주기로 해요. 마주 보며 마냥 웃다가, 따뜻해진 봄바람에 잔뜩 만개한 꽃들이 찰나를 말하더라도 그들의 일부가 되어 살아가기로 해요.

우리 어쩌면, 생각보다 많은 것들을 놓치며 사랑했던 것 같아요. 손에 쥐고 있는 게 아무것도 없더라도, 각자 가진 것이 모두 소멸하더라도 서로를 사랑해 볼래요? 다른 사람들 눈에는 바보처럼 보일 수도 있겠지만, 우리 그냥 그런 사랑 한번 해보지 않을래요?

아름다운

아름다운 당신을 만나
아름다운 사랑을 하고 있으니
아름다운 사람이 되어
아름다운 세상을 살아가야지.

삶의 부분

아침을 알리는 알람 소리에 습관적으로 벌떡 일어났다. 일어나서 휴대폰의 배경 화면을 보니 토요일이었다. 주말에는 알람을 잘 맞춰두지 않는데 당황스러웠다. 확인해 보니, 목요일과 금요일에 조금 일찍 일어나려고 새로운 알람을 설정하면서 토요일까지 눌렀던 것 같다. 주말을 빼앗긴 기분이었다. 어떻게라도 조금 더 잠을 보충해 보려고 다시 이불을 덮고 뒤척였지만, 결국 다시 잠에 들지 못하고 일어나게 되었다.

물을 한 컵 마시고, 화장실로 가서 세수를 했다. 아침을 먹지 않는 습관 때문에 부엌으로는 눈이 가질 않았다. 천천히 집을 한 바퀴 둘러보다가 이곳저곳 청소를 해야겠다는 생각이 들었다. 바쁠 때는 보이지도 않던 곳들이, 시간이 생기니 너무나도 자세히 보이기 시작했다.

빨래를 돌리려고 세탁기 쪽으로 다가가서 빨랫감들을 세탁기 속으로 집어넣었다. 자취를 처음 시작할 때는 맨정신으로도 세탁기 작동을 서툴게 했었는데, 몇 년이 지난 지금은 제대로 쳐다보지 않고서도 습관적으로 버튼을 누르고 돌려버린다. 일주일 동안 쌓여있던 바깥의 냄새들을 다시 나만의 냄새들로 바꿔주는 세탁기에게 고맙다며 뚜껑을 닫았다.

방으로 들어와서는 청소기를 꺼내 들고서 집안 곳곳의 먼지들과 부스러기, 머리카락들을 빨아들였다. 항상 느끼는 것이지만, 얘들은 왜 이렇게도 구석에 몰려있는 것인지 모르겠다. 혹시나 본인들을 좋지 않게 생각하고 청소기로 빨아들인 뒤에 쓰레기통에 버릴까 봐 구석으로 도망치는 것일까. 미안하지만, 함께 지낼 수는 없는 것들이기에 용서를 구하고 청소기로 빨아들인 뒤에 버린다. 분명 내가 살아가며 생긴 것들임에도 불구하고 나의 일부들로 받아들여지지 않아 함께 살아갈 수 없는 것들이다. 살아가며 생긴 걱정거리나 고민보다는 이런 먼지 같은 것들과 함께 살아가는 것이 조금은 덜 괴로울 것 같은데도 말이다.

밀린 설거지들도 해결하려 발걸음을 옮겼다. 분명 나의 입으로 들어갔던 음식들의 일부가 묻은 그릇들인데, 묻은 것들이 왜 이리도 더럽게만 느껴질까. 얼른 고무장갑을 끼고서는 설거지를 시작한다. 한바탕 시원하게 물놀이를 끝낸 그릇들은 나에게 고맙다며 반짝반짝 빛을 내며 인사한다. 그리고서는 자기들끼리 그 자리에서 물기를 털어내기 바빠 보인다.

설거지까지 마치고 나니, 한바탕 물놀이를 끝낸 다른 것들이 나를 부른다. 얼른 달려가서 뚜껑을 열고 그것들을 바라본다. 바깥에서 찌들었던 힘든 냄새들은 사라지고, 다시 향기로운 냄새들로 범벅이 되었다. 자기들끼리 같은 냄새가 나서인지 이리저리 뭉쳐있다. 이제는 그만 좀 떨어지라며, 세탁기에서 꺼내어 하나씩 떼어낸다. 그리고 잠들어 있던 건조대를 깨워서 펼친 뒤에, 하나씩 걸어두기 시작한다. 세탁기 속에서 자기들끼리 너무 신나게 놀았던 탓인지, 건조대에 널어두자마자 미동도 없이 축 늘어져있기만 하다. 창문을 열고 블라인드를 걷어 올리니 선선한 바람과 뜨거운 햇빛이 이들을 향해 다가온다.

별것 없는 것 같지만, 잔잔하며 개운하게 흘러가는 하루. 외로운 것 같지만, 같은 공간 속 함께하는 것들과 바쁘게 흘러가느라 생각보다 외롭지 않은 하루. 잠깐 여유를 갖고서 돌아보는 일상은, 어쩌면 새로운 삶의 부분인지도 모르겠다.

고맙고 미안해

고마워.
나의 아픔까지 사랑해 주어서.

미안해.
이런 아픔까지 사랑하게 해서.

마지막 거짓말

장거리 연애였던 탓에, 서로의 사는 곳 주변을 지나가는 날이면, 어떻게든 잠깐이라도 얼굴을 보려고 달려 나갔던 우리. 어느 날, 일부러 내가 사는 곳을 경유해서 돌아가는 표를 끊었다며 연락이 온 당신. 잠시 얼굴 볼 수 있겠냐는 말에, 저녁을 챙겨 먹고 있다가 급하게 마스크를 챙겨 쓰고 뛰어나갔던 나. 밥을 자주 거르고 다녔던 당신이었기에, 밥이라도 챙겨 먹여 보내려고 식당에서 만나자 하고서는 식당으로 달려간 나. 만나서 마스크를 내린 나를 보더니 갑자기 계속 웃기만 했던 당신. 그리고서는 저녁 안 먹은 거 진짜냐며 나에게 계속 물어보던 당신. 손거울을 꺼내어 나의 얼굴을 보여주는데, 급하게 나온 탓에 입술에 밥 먹은 흔적이 묻어있었던 나.

당황하는 나를 바라보며 웃다가 갑자기 눈물을 글썽이던 당신. 늘 미안하고 고맙고, 사랑한다며 울기만 하던 당신.

자주 만나거나 특별한 곳을 많이 가진 못했어도, 서로가 서로에게 최선을 다해서 사랑했던 우리. 너무 많은 감정들이 섞여서, 어떤 표현이나 문장으로도 풀어내기 힘들 것 같은 우리의 시간들.

누가 그러더라. 연애의 결말은 결혼 아니면 이별이라고. 다수의 경우에 이별이라는 결말을 맞이한다고. 결국 우리도 평범한 연인들처럼 이별이라는 결말에 도착해버렸네. 서로가 서로를 배려하기 바빴던 우리였기에, 이별 앞에서도 배려하고 있는 우리더라.

어쩔 수 없는 현실에 부딪혀 이별하는 우리였기에, 이별 앞에서 어쩔 수 없었던 우리. 마지막까지 서로의 두 손을 잡고서는 울지 않기로 약속하며, 꼭 지금보다 더 행복하게 지내자고 말했던 우리. 만나고 헤어질 때면, 항상 서로가 먼저 들어가라고 하던 우리. 그런 우리여서였을까. 이별하는 마지막까지도 서로 먼저 들어가라고 미루고 있더라. 이렇게 웃프게 이별하는 사람들이 있을까.

헤어진 상대방의 행복을 바라며, 서로가 아프지 않기를 빌어주면서 하는 이별. 우리가 마지막에 나눴던 말처럼, 우리가 잘못한 게 아니야. 우리의 상황이 어쩔 수 없었고, 하필이면 그 타이밍에 만났던 우리였을 뿐이야. 그러니 이제 더 이상 뒤돌아보지 말고, 힘차게 서로의 앞날들을 향해서 나아가도록 하자.

우리 서로 만나면서, 서로에게 거짓말하지 않기로 약속했었잖아. 밥 안 먹었다고 했던 거짓말이 한 번 있긴 했었지만 말이야. 마지막으로 딱 한 번만 더 거짓말할게.

이젠 당신이 보고 싶지 않아. 그러니 얼른 곁에서 떠나가 주라.

우리 함께 했던 기억 중에서 힘들고 슬펐던 기억들은 '마지막'이라는 단어에 묶어서 떠나보내고, 좋은 기억들만 남겨서 챙겨 가자.

그동안 나 사랑해 주어서 고마웠어.

아프지 말고 잘 지내. 안녕.

당신 생각

당신이 떠난 후,

당신 생각을 하지 않으려고 하니
아무런 생각도 떠오르지 않는다.

평소에 당신 생각뿐이었나 보다.

삐뚤빼뚤

이런저런 생각들 때문에 잠들지 못할 때면, 책상 앞에 앉아 펜과 노트를 찾는 경우가 많다. 그리고서는 생각이 떠오르는 대로 글을 쓰며, 머릿속의 복잡했던 생각들을 노트에게 잠시나마 비워낸다. 그렇게 무작정 글을 써 내려가다 보면, 글씨체가 삐뚤빼뚤해지거나 틀리게 써질 때도 많다. 그럴 때마다 드는 생각이 있다.

'뭐 어때. 인생도 가끔은 삐뚤빼뚤하면서 틀린 것처럼 살아가고 있는데, 그깟 글씨 몇 개 좀 틀리는 게 뭔 대수냐. 그냥 속 편하게 쓰고 싶은 대로 쓰자.'

술, 담배를 모두 하지 않는 나여서 유일하게 취하는 시간이 잠결이다. 잠결에 취해 제멋대로 글을 써놓고서는, 다음

날 아침에 다시 읽는다. 읽다 보면 마음에 들지 않는 것들이 덕지덕지 붙어있다. 심지어 다른 사람이 몰래 써놓고 도망간 글 같기도 하다.

'삐뚤빼뚤'

생긴 것부터 휘청거리는 것 같고, 여기저기 모난 곳이 많아 보이는 단어. 하지만 그렇게 휘청거리고 모난 덕분에, 나의 속마음에 어떤 생각들이 솔직하게 자리 잡고 있었는지 알게 되었다. 덕분에 솔직한 생각들을 편하게 글로 풀어내고 털어놓을 수 있었다. 너무 앞만 보고 바르게 지내야만 한다는 강박 대신, 흔들리고 주변을 둘러보아도 된다는 편안한 마음을 얻을 수 있었다.

조금은 휘청거린 탓에 둘러보지 못했던 주변을 둘러보기도 하고, 그걸 바로 잡아주는 사람과 그 순간에 대해 감사함을 느끼기도 한다. 그러한 과정들 덕분에 무엇이 잘못된 것인지도 알아가며 살아가는 것이 아닐까. 그러니 가끔, 조금은 삐뚤빼뚤해도 괜찮다.

풍덩

잔잔하던 호수에 돌 하나 던져도
물결과 소리가 요동치는데,
잔잔하던 내 마음에 던져진 당신은
어떻게 아무렇지 않을 수 있을까요.

좋아해요, 사랑해요, 보고 싶었어요

당신을 만나러 가기 전이면, 수많은 말들이 떠오른다. 그렇게 설레는 마음으로 가서, 막상 당신을 만나면 그저 끌어안기 바쁘다. 아무 말도 없이, 그저 서로를 끌어안고서 눈을 맞추고, 또다시 서로의 품에 서로를 끌어안는다.

처음 끌어안을 때면,
'좋아해요'라는 말이 품속으로 오고 간다.
그리고 눈을 마주칠 때면,
'사랑해요'라는 말이 눈빛으로 오고 간다.
마지막으로 다시 한번 끌어안을 때면,
'보고 싶었어요'라는 말이 품속으로 오고 간다.

손 편지

당신에게 손 편지를 쓸 때면, 편지지를 한가득 사서 들어온다. 하고 싶은 말들이 많기도 하고, 예쁘게만 쓰인 글씨들로 빼곡히 채워서 보내고 싶은 탓이다. 조금이라도 삐뚤어진 글씨가 적힌 편지는 보내고 싶지 않다. 그렇다고 해서 덧대거나 지우개로 자국을 남기고 싶지도 않다.

그래서 한 번 글씨가 삐끗할 때면, 새로운 편지지를 꺼내어서 처음부터 다시 정성껏 쓰기 시작한다. 예쁜 당신에게 예쁜 글과 예쁜 글씨들만 전해주고 싶은 나의 마음이다.

부디 나의 이런 예쁜 마음들이, 세상에서 가장 예쁜 당신에게도 예쁘게 온전히 전달되기를 바란다.

사랑해

힘든 일에 지쳐 당신을 만나러 가는 길. 당신을 만나면 힘든 일을 조금 털어놓아 볼까 싶다가도, 웃으며 나를 바라보는 당신의 눈빛에 차마 그러질 못하겠더라. 우리 끝까지 함께 사랑하고 살아가자. 우리에게도 언젠가는 좋은 날이 오겠지. 그때 가서는 나 사실 그때 조금 힘들었다며 웃으며 말할 날이 오겠지.

사랑해.

사랑 그 자체인 당신

누군가 나에게 사랑이 무엇이냐 묻는다면, 한 치의 망설임도 없이 나는 당신을 답할 것입니다. 어디선가 많이 들어본 것 같은 진부한 대답 같지만 어쩌겠어요. 나에겐 당신이 사랑 그 자체인걸요. 사랑이라는 게 생각보다 근사한 것이었네요. 당신 곁에 있는 것 자체가 이리도 행복한 일이라니.

나의 곁에 오래 머물러주세요. 내가 느낀 사랑만큼 당신도 근사한 사람으로 만들어 주고 싶으니까요. 누군가 당신을 보았을 때, 듬뿍 사랑받은 사람처럼 보이게끔 만들어주고 싶으니까요.

사랑의 시작

평범했던 순간들이 아름다워지는 것을 보니
사랑이 시작되려나 봅니다.

증조할머니

향냄새로 기억 속에 남아있는 사람이 있다. 그 사람을 위해서 나는 며칠 동안 향이 꺼지지 않도록 곁을 지키며 향냄새를 맡았다. 어린 마음에, 향이 꺼지면 떠나는 길이 끊긴다고 생각하여 계속 피워댔다. 얼굴도, 목소리도 지금은 제대로 기억나지 않는 당신이다. 과분한 사랑을 당신에게 받은 탓인지, 아직도 종종 꿈에 당신이 나오곤 한다.

누군가를 영원히 떠나보내어야 할 순간이 찾아올 수도 있다는 것을 모를 만큼 너무 어린 나이였기에. 그렇게나 어렸던 나를 조건 없이 사랑해 주었던 당신이었기에. 당신이 떠나버린 그날의 감정은 도저히 잊을 수가 없다. 어쩌면 당신은 나의 마음속 한편에서 영원히 나와 함께 살아가고 있는 것일지도 모르겠다.

우리의 기억

오늘도 시간은 쉴 틈 없이 흘러가기 바쁘네요. 당신도 나의 곁에서 조금씩 멀어지기 바쁜 것 같고요. 시간과 함께 당신과의 기억도 흘려보내려 했었는데, 내가 잠깐 망설인 탓에 그러질 못했어요. 다 잊었다고 생각했던 것과는 달리, 아직도 조금은 미련이 남아있었나 봐요. 어쩌면 나는 당신과의 추억들을 계속 품에 안고서 살아가야 하나 싶어 덜컥 무서워지기도 해요.

당신은 어때요?
우리의 기억들은 잘 흘려보냈을까요?
아니면 나처럼 아직도 품고 있을까요?

떠나버린 당신에게 직접 물어볼 방법이 없기에, '궁금'이라는 단어로 남겨둬야 하겠네요.

잘 지내고 있다면 다행이고, 그렇지 않다면 최대한 조금만 힘들어하고서 하루빨리 괜찮아지기를 바랄게요. 당신에게 하고 싶은 말들이 많지만, 이제는 그럴 수 없는 사이인 우리이기에 이쯤에서 이만 줄이도록 할게요. 어찌 됐든 간에 당신은 꼭 잘 지냈으면 좋겠어요.

부디 꼭 잘 지내요. 안녕.

당신

사람을 물어본다면, '당신'을 답할 것입니다.
사랑을 물어본다면, '당신'을 답할 것입니다.
삶을 물어본다면, '당신'을 답할 것입니다.

'당신'이라는 사람을 만나 사랑을 배웠고,
'당신'과 함께 삶을 완성하고 싶습니다.

미움이라는 감정에 너무 힘들어하지 않기를

본인을 힘들게 하면서까지 굳이 누군가를 미워하진 않기를. 어차피 미워할 사람이라면 그저 흘려보내고 내 인생에 집중하며 지내기를. 내가 세상의 모든 사람을 사랑할 순 없듯이, 나 또한 누군가에겐 미움받을 수도 있다는 사실을 인지하고서 조금은 마음 편히 살아가기를.

그런 삶이었다

누군가가 나에게, 당신은 어떤 삶을 살아왔느냐고 묻는다면 이렇게 답할 것이다.

세상을 바라보는 시선을 제대로 고정시키지 못한 탓에, 너무 많은 잔상들만 남겨버린 삶. 이야기할 것은 많지만 그것들이 하나로 이어지진 않는 삶. 사라지는 것들을 어떻게든 잊지 않으려 기록으로 남기며 살아가는 삶. 그렇게 기억을 잃어버린 듯, 토막이 나버린 나의 삶에 대한 기록들에 상처받을 때도 많지만, 그런 기록들 덕분에 누군가를 위로해 주는 법을 배우게 된 삶.

그런 삶이었다.

작별 인사

벽에 남아있는 많은 자국들이 말해준다.
"많이 힘들었겠구나. 아프진 않았니?"

책상에 널브러진 많은 약봉지와 일기장이 말해준다.
"많이 힘들었겠구나. 오늘도 필요하니?"

그런 질문들을 받은 나는, 눈이 감긴 채로 대답한다.
"괜찮아요.
오늘부터는 아프지도 필요하지도 않을 것 같아요."

그렇게 마지막 흔적과 유품의 기록들을 남긴 채,
세상에게 조용히 작별 인사를 건넨다.

당신의 계절

이번 계절이 당신과 함께한 마지막 계절이 되어버렸네요. 살아가면서 이 계절은 다신 돌아오지 않을 계절이 되겠죠. 당신 덕분에, 당신의 계절 속에서 살아가는 동안 사랑하고 이별하며 많은 것들을 배웠어요. 그동안 나와 함께해 주어서 고마웠어요. 당신의 계절에서 나는 이만 떠나도록 할게요.

당신의 목소리가 사라진 세상 2

당신의 목소리가 사라진 세상.

나는 이곳에서 당신을 찾아 헤맨다.

들려오는 소리에 귀를 기울일 때면,
당신과 닮은 목소리가 들릴 때가 있다.

그때마다 나의 마음 한 구석 어딘가가 아려온다.

당신의
목소리가
사라진 세상

초판 1쇄 발행 2023년 11월 10일
초판 2쇄 발행 2024년 5월 1일

지은이 김민재
편 집 권용휘
디자인 서승연
펴낸이 권용휘
펴낸곳 시선과 단상
출판등 2023년 2월 7일 제2023-000013호

이메일 oehwii@naver.com

ISBN 979-11-982108-0-7